Antonino Sergi

Racconto dell'uomo felice

Le frasi di Antonino Sergi sui sogni, presenti nei suoi libri, rappresentano un mix di romanticismo e mistero, tenerezza e passione, riguardo a questi fenomeni connessi al sonno, in cui riconosciamo un sognatore che attraverso le frasi sui sogni, rende noto il proprio pensiero sul funzionamento mentale che sta alla base di tali avvenimenti, ma anche della poeticità e dell'enigmaticità che ci avvolge: al punto da ispirare, il lettore. "I sogni nessuno ce li può rubare, restano nella mente e nell'animo per sempre e come la speranza che é un sogno ad occhi aperti, sono desideri di felicità. Nel sonno non ci sono pensieri, c'è l'espressione con sincerità." Contemplativo e dolce il cammino di un sognatore: "Solo chi ha un grande sogno, può realizzare un grande sogno"– come lo è quello del nostro scrittore e protagonista Antonino Sergi, mentre vaga col pensiero su percorsi semplici ma significativi, quelli che aiutano le persone ad amare e credere ancora nei propri sogni.

Da un lato c'è la perfezione di un sentimento che resta intatto e non consumato, dall'altro la passione tormentosa che deriva da questa privazione, descritte nei suoi libri, del testo con più approfondita descrizione dei suoi sentimenti, emozioni, che ci trascina, nel suo percorso e ci fa sognare. La gioia del "sognatore" è un germoglio che accarezza l'immensa prateria dell'anima assetata d'amore, dei sogni realizzati o ancora da realizzare. Quegli incontri che nascono con la magia della notte, o incontri imprevisti, ma importanti, che ci fanno sognare, per attraversare la fantasia dell'alba e vedere la luce concreta di un nuovo giorno. Un bagliore pallido e silenzioso della luna fa gioire, fa tornare per le vie allegre del passato e vedere le idee nel mare dei sogni, perché il mare è grande e può restituire il non desiderato. Mentre le nubi ricordano il grigiore e la noia, osservando un tramonto col cielo sereno anche l'animo ne esce più positivo, o come il vento che unisce le foglie morte d'autunno, o quelle di un pino che possono portare ricordi mai esauriti. Nell'arco del tempo ogni attimo è compiuto, mai lasciare che un istante vada perduto, perché in ogni istante della nostra vita, solo chi ride e sogna può volare nell'infinito. Con l'augurio di poter essere tutti quanti dei sognatori... e con grande stima anche a te, amico mio Antonino, ti auguro di raggiungere le stelle, la luna e di realizzare sempre, i tuoi sogni sognati.

Elena Mangu Duleba

Fu in quell'anno che quasi senza rendermene conto mi ritrovai ad essere pensionato. Nonostante ciò, ero ancora giovane (all'epoca infatti avevo 51 anni), dal momento che avevo iniziato a lavorare sin da ragazzo. Vivendo da solo, senza nessuno a cui dover render conto, mi domandavo come utilizzare quella nuova, inusuale, grande quantità di tempo libero... potevo, forse, tanto per iniziare, prendere delle lezioni di piano dal mio amico Renzo, oppure invece partire e girare per l'Europa, come già amavo fare durante le ferie, quando ancora lavoravo. Negli anni, infatti, avevo fatto tante conoscenze, e intessuto molte relazioni, diverse di queste, coltivate con amore, erano divenute preziose amicizie: molte volte ero io ad andare a trovare affezionati amici, così come spesso erano loro miei ospiti, in un reciproco e piacevole scambio di visite. E fu proprio nell'estate di quell'anno che mi telefonò la figlia di amici francesi, i Dupont, e mi raccontò che da metà marzo si trovava a Vienna per seguire un corso di specializzazione in lingue (avrebbe finito ad ottobre), ma che adesso (eravamo verso la fine di giugno) avrebbe voluto prendersi un fine settimana di riposo per visitare Venezia. Poi, aggiunge con garbata delicatezza, visto che ci conoscevamo da tanti anni, che già era stata mia ospite con la famiglia, aveva pensato di approfittarne, e proprio per questo mi stava chiedendo ospitalità.

– *Bene,* – le rispondo – *vieni quando vuoi. Lo sai già, la casa è grande, e visto che ora sono in pensione da qualche mese ho molto più tempo libero, potremo farci compagnia e parlare... come stanno i tuoi genitori? E i tuoi fratelli?* –
– *Stanno tutti bene, grazie...* –
– *Allora,*– continuo io, – *quando pensi di arrivare?* –
– *Sarò alla stazione di Mestre venerdì prossimo, alle 13.* –
– *Va bene. Ciao, allora.*–
– *Ciao...* –

Il tempo vola, e quando giunge venerdì, io sono puntuale ad aspettarla al binario, dove sta per arrivare il treno proveniente da Vienna. Eppure, mentre i passeggeri scendono, la cerco con lo sguardo ovunque, ma non riesco proprio a vederla… quand'ecco che mi compare davanti di colpo, con tutta la fresca bellezza dei suoi 27 anni!

– *Sandrino, non mi riconosci più?* –
– *Manuela,* – replico io, perplesso, attonito di fronte ad una bellezza così inaspettata, – *come ti sei fatta alta e bella! Certo che mi ricordo bene di te, qualche anno fa, quando avevi già 22 anni… ma ora sei diventata una donna stupenda!* –

Dopo gli abbracci, prendo il suo bagaglio e ci avviamo alla macchina per andare a casa. Qui le faccio strada fino alla sua stanza, al piano di entrata nel mio appartamento, dove si sistema velocemente, per poi scendere con me al piano di sotto, dove c'è la mia camera e buona parte dell'appartamento.

– *Hai fame?* – le domando.
– *Tanta* – mi risponde.
– *Allora* – ribatto subito – *metto su degli spaghetti, un sugo veloce, un paio di bistecche, e dopo il caffè avremo tutto il tempo di parlare…* –

Ma intanto mi trovavo ad osservarla con occhio diverso dal solito… sì, indubbiamente mi piaceva, ma non potevo certo comportarmi da stupido, ed eccomi allora lì a scacciare i cattivi pensieri, e confesso che non era facile. Probabilmente lei si era accorta del mio stato d'animo, ma faceva finta di niente.
Bevuto il caffè, con mia sorpresa di colpo mi domanda se andiamo a fare una passeggiata fino a Piazza San Marco, assieme… beh, guardo l'ora, sono le cinque e mezza del pomeriggio, e prendendo un autobus eviteremo anche la seccatura del parcheggio.
E infatti così facciamo, e dopo un'ora circa stiamo passeggiando con piacere e senza alcuna fretta lungo le vetrine, sotto i portici. Mentre beviamo un aperitivo le domando se ha fame ed in effetti sì, mi dice, un po'. – *Bene…* – continuo io – *allora andiamo da un mio amico, qui vicino, dove si mangia dell'ottimo pesce, e la cucina è tipo casalinga; Manuela, vedrai, so già che ti piacerà…* –

Dopo una breve passeggiata giungiamo sul posto, e decidiamo di sederci all'esterno, in giardino, a un tavolo tranquillo e defilato.

–*Posso ordinare io?*– *le domando.*
–*Certo, fai tutto tu.*–
–*Allora...* – rivolgendomi al cameriere appena sopraggiunto, –*ci porti due spaghettate allo scoglio, due grigliate di pesce con insalata verde come contorno, una bottiglia di un buon prosecco, e una di acqua poco gassata.* –

Presa celermente l'ordinazione, l'uomo si allontana con passo veloce e leggero. Nel frattempo Manuela, invece, mi sta fissando con stupore:

– *Sandrino, ricordi ancora che amo gli spaghetti allo scoglio?*–
– *Si, mi ricordo tante cose di te, e cerco solo di farti contenta.*–
Mi guarda con intensità, e prendendomi la mano, aggiunge: –*Grazie, caro amico...* –

La nostra cena arriva dopo poco e tra una chiacchierata e l'altra finiamo di mangiare quasi senza rendercene conto. Le chiedo se vuole qualcos'altro, mi risponde che no, è a posto così. Ma io insisto:

– *Non ci credo. Stai dimenticandoti qualcosa...* –
– *E cosa posso aver dimenticato?*– replica lei, con meraviglia.
– *Aspetta.* – Mi alzo, vado all'interno, vedo il cameriere, chiedo se ci porta due sgroppini al tavolo, e ritorno da lei, in attesa della sorpresa che le ho preparato... e infatti, poco dopo, quando arriva il cameriere con i nostri due sorbetti, lei mi fissa intensamente dicendomi che ero straordinario, che avevo una memoria incredibile, e intanto beviamo e ridiamo... Pagato il conto, torniamo a passeggiare, in una Venezia ancora più romantica, illuminata com'è ora – siamo già in prima serata – dalla luce soffusa dei lampioni.
– *Vuoi fare un giro in gondola?*– le domando, senza troppa convinzione.
– *Ho paura...!* –
– *Di me, o del dondolio della gondola?* –
– *No Sandrino, no! Di te mai! Anzi, vicino a te, mi sento sicura...* –

3

Dopo pochissimo tempo siamo già in gondola, a farci cullare dalle onde della laguna. In breve raggiungiamo il *Canal Grande*, e lì, non so cosa sia stato, vuoi l'atmosfera romantica, vuoi il dondolio della gondola, vuoi forse anche la splendida luna che ci sovrastava, sta di fatto che di colpo si gira verso di me e, senza dire nulla, mi getta le braccia al collo e inizia a baciarmi... ero così sorpreso da rimanermene lì, completamente stupito ed immobile. Sì, ci ho messo un po' a capire cosa stava succedendo, e la sorpresa mi aveva immobilizzato, ma subito dopo ero io a contraccambiarla, baciandola con ardore, in un abbraccio appassionato durato fino all'arrivo, a Piazzale Roma.

Qui scendiamo dalla gondola e andiamo a prendere l'autobus che ci avrebbe portati a casa, senza che nessuno di noi due dicesse nulla. Solo arrivati a casa, accompagnatala alla sua camera, mi rivolgo a lei, guardandola negli occhi stupendi, per ringraziarla della bella serata e augurarle la buonanotte. Però me ne vado quasi subito, scendo le scale, vado in camera mia, lì mi spoglio e vado a farmi subito una doccia, per calmare il corpo... sì, non posso negarlo, la desideravo tanto, ma ora quello che ci voleva era proprio una doccia fredda, e poi a letto. Ma anche così non riuscivo a calmarmi, e continuavo a rigirarmi da un lato all'altro senza trovare pace. A un certo punto, però, sento rumore di acqua corrente. – *Avrò lasciato un rubinetto aperto* – penso, e intanto mi alzo per andare a vedere. Apro la porta della mia camera: la porta del bagno, di fronte, è aperta, la luce accesa, e uno specchio dall'interno mi rimanda l'immagine della mia amica mentre si fa la doccia... che magnifico corpo!

Sono rimasto qualche minuto a guardarla, poi si è fatta viva la vergogna di spiarla, e quindi, dopo aver chiuso piano la porta della mia camera, sono tornato a letto, per continuare a rotolarci sopra senza pace.

Dopo un po' non sento più lo scrosciare dell'acqua. C'è silenzio, quando la porta della mia camera viene aperta di colpo. Lì, sulla soglia, vedo stagliarsi il suo corpo immobile.

– *Manuela... cos'hai, stai poco bene?* – dico, alzandomi e andandole incontro. Lei è lì, di fronte a me, nuda e silenziosa. Dopo un attimo lunghissimo, buttandomi le braccia al collo, finalmente mi parla:
– *Sandrino, voglio fare l'amore con te.* –

4

Da quel momento non ho capito più nulla. Mi sono ritrovato a letto, nudo, con lei che mi baciava ed io a fare altrettanto. Dopo ore che eravamo avvinti in quel meraviglioso amplesso, non so quanti orgasmi lei abbia avuto... mentre io cercavo di trattenerlo e ritardarlo il mio, di orgasmo, per prolungare al massimo quell'amore che avevo desiderato fin dall'istante in cui l'avevo rivista.

Poi, d'un tratto mi cinge la schiena con le gambe, e con le braccia mi stringe a sé, baciandomi e allo stesso tempo graffiandomi le spalle con le unghie... nonostante il dolore che mi procurava, non ho più resistito, ed ho avuto, insieme a lei, un bellissimo orgasmo, che certamente ricorderò per sempre...!

Finita l'estasi della nostra fuggevole passione, sfiniti, prendiamo sonno uno accanto all'altra, assieme...

Al mattino, quando mi alzo, non è a letto. Mi metto il pigiama, con l'intenzione di andare a preparare la colazione, quando la incrocio mentre esce dal bagno.

– *Buongiorno, Manuela. Dormito bene?* –
– *Sì, benissimo e tu?* –
– *Anch'io, grazie. Sto andando a preparare la colazione...* –
– *Sei sicuro che ora sia così importante?* –

Ci guardiamo negli occhi, poi l'abbraccio e la bacio con ardore fino a che arriviamo al letto, qui ricominciamo ancora una volta a fare le nostre giravolte... poi ci laviamo, e mentre lei si sistema, io preparo la colazione. Quando ci sediamo a tavola, sono già le undici e mezza.

– *Hai sempre tanta voglia?* – le domando, forse con ingenuità.
– *E tu?* – risponde lei di botto. – *Hai ragione, scusami* – aggiungo io, – *è una domanda stupida. Allora dimmi, invece...quando devi essere a Vienna?* –
– *Parto domani sera, alle nove e mezza, per arrivare a Vienna il mattino seguente* –
– *Quindi, viaggi in treno...* –
– *Sì* – continua lei, – *l'aereo costa molto, ed io ora non sto lavo-*

rando, devo cercare di non pesare troppo sui miei genitori... –
– Ho capito – continuo io, – e il biglietto del treno, l'hai già fatto? –
– No, lo faccio al momento, domani sera. –
– Ascolta, Manuela, senza che tu ti senta offesa, ma mi piacerebbe molto offrirti il biglietto dell'aereo, così eviterai di dormire in treno e arrivare stanca: sarei molto contento se tu mi dicessi di sì... –
– Io non voglio approfittare della tua amicizia – mi dice lei, guardandomi intensamente, – ma visto che insisti, e che sei più che contento, va bene, accetto. – Bene! – concludo io – allora finiamo di fare colazione e poi andiamo all'aeroporto, a vedere a che ora puoi partire... –

Dopo neanche un'ora siamo all'aeroporto. Ci sarebbe una partenza, il giorno seguente, alle 14.30, la escludiamo perché troppo presto. Prenotiamo invece un volo con partenza alle 20 ed arrivo alle 21.30, senz'altro più adatto ai nostri programmi. Poi facciamo un giro per la città, e all'ora di cena siamo al solito ristorante. Alle dieci siamo già a casa, molto stanchi per le lunghe passeggiate della giornata, per cui ognuno di noi si fa la doccia e se ne va a dormire nella sua camera, per conto suo... Il mattino seguente, quando mi alzo, la casa è silenziosa. – *Starà ancora dormendo*– penso tra me e me, e intanto vado in cucina a prepararmi un caffè, forte e lungo, come piace a me.

– Ce n'è un goccio anche per me? –

mi sento dire all'improvviso. Manuela si era alzata da poco e, andando in bagno, era stata attirata dal buon profumo di caffè.
Ne beve uno al volo e poi va a sistemarsi un po', in bagno, mentre io preparo un'abbondante colazione. Dopo poco più d'un quarto d'ora ritorna in cucina, in mutandine e reggiseno, l'asciugamano tra le mani...!

Vederla comparire così mi manda di colpo su di giri, e allora mollo tutto quello che sto facendo, mi avvicino a lei, e sollevandola come una bambina la porto a letto, dove rimaniamo, ancora una volta, per oltre due ore...

–Oh mamma mia!– continuavo a ripetere a me stesso,
–cosa mi sta succedendo? È mai possibile che sia tutto vero, oppure sto sognando? Ma quand'anche fosse così, beh, Sandrino, vivilo questo sogno!–

Quando ci sediamo a tavola per la nostra ricca colazione – e ne avevamo proprio bisogno – ormai è tarda mattinata. Intanto, si chiacchiera.

– Com'è la vita a Vienna?– chiedo io, *– È cara?–*
– Si – mi risponde lei, *– tutto costa molto. Io cerco di farmi bastare quello che mi passano i miei genitori, e qualche volta faccio dei lavori extra in un bar, in modo da tirare avanti meglio… –*

Mentre Manuela parlava, io pensavo. Non sapevo proprio come dirglielo, ma avrei voluto aiutarla, senza però che lei pensasse che lo facevo per ciò che c'era stato fra noi… le volevo molto bene, anche prima di quegli ultimi meravigliosi giorni. Perché si lasciasse aiutare da me, dovevo essere diplomatico. Con calma allora le dico:

– Manuela, come tu sai, vivendo da solo non ho molte spese e con la mia pensione sto abbastanza bene, non mi manca niente. Conosco da molto tempo sia te che i tuoi genitori, e vorrei contribuire anch'io ad aiutarti, mentre sei a Vienna. Non ci sarà bisogno che mentre sei lì tu debba lavorare, e così potrai impegnarti più a fondo nel tuo corso post-laurea… e se poi vuoi bere qualcosa al bar con gli amici, non avrai bisogno che siano loro ad invitarti. –

Manuela mi sta guardando. I suoi occhi luccicano. Mi risponde con calore:

– non posso accettare – Non voglio approfittare della tua amicizia, e quello che abbiamo fatto, io l'ho fatto in quanto piaceva anche a me, e sono stata felice di farlo, e lo rifarei ancora! Sì, Sandrino, sono stata molto bene con te in questi giorni. Grazie, grazie di tutto, ma non posso accettare. –
– Guarda che io voglio solo aiutarti – insisto io, *– ti voglio bene, lo sai, e conosco bene la tua famiglia, i tuoi genitori e i tuoi fra-*

*telli... so che fanno fatica a farti frequentare questo corso. Ho pen-
sato che posso aiutarti fino a quando non lo finisci, quindi ti prego
dammi il numero del tuo conto e ogni mese la mia banca ti accre-
diterà duecento euro...* – e resterà un segreto tra di noi.
–*Ma sono tanti, Sandrino!* –
–*Ma per te sono comodi. E se poi hai un qualsiasi problema, vediamo di risolverlo. Su, dai, fammi contento!* – Manuela mi
guarda. Ha gli occhi umidi. – *Su, dai, non piangere... non vorrai
mica rovinare queste belle giornate, no?* –

Per tutta risposta mi butta le braccia al collo e mi abbraccia con calore,
mentre continua a ringraziarmi... Mi faccio quindi dare il numero del
suo conto, e intanto le consiglio di preparare già la valigia così, le dico,
dopo il giro che abbiamo programmato per il pomeriggio possiamo andare direttamente all'aeroporto. E mentre Manuela è al piano di sopra,
nella sua camera, prendo una busta e ci metto dentro cinquecento euro,
con una lettera che avevo già pronta. Qui, le scrivo di scusarmi per il
metodo, ma che già sapevo che non c'era altro modo perché lei accettasse quei soldi... e di scusarmi quindi chiudo la busta e me la metto in
tasca. Poco dopo usciamo, facciamo un bel giro per la città, e dopo,
anche se non abbiamo moltissima fame (siamo nella prima serata), suggerisco di mangiare comunque due bocconi, visti gli impegni che ci
aspettano tra poco; così facciamo, sempre però con un occhio all'orologio, per non arrivare tardi all'aeroporto. Dove infatti riusciamo ad arrivare puntuali, un'ora prima del decollo, per la consegna delle valigie.
Anzi, facciamo in tempo anche a prendere un caffè e a fare due chiacchiere. Poi l'accompagno all'imbarco. Qui mi abbraccia forte, come a
non volersi staccare, come non voler partire, ma anch'io però ero commosso, e così ci baciamo.

– *Grazie. Grazie di tutto. Non sono mai stata così felice.* –
– *Beh,* – le dico io, per sdrammatizzare, quando stiamo già per se-
pararci, – *forse potremmo farlo ancora...* – Intanto Manuela, tra
il ridere ed il piangere, si sta già allontanando, ma io la richiamo:
– *Manuela, aspetta, dimenticavo questa...* – e le allungo la busta,
– *ti prego, leggila quando sei in aereo...* –
– *Va bene, Sandrino. Ti chiamo appena arrivo. Ciao, e grazie...* –

– No, Manuela, no. Grazie a te, invece, che mi hai fatto vivere un'altra gioventù! Ciao, buon viaggio!–

Ritorno subito a casa, già in attesa della sua telefonata, che arriva puntuale meno di due ore più tardi. Mi racconta di aver fatto un buon viaggio, ma poi, con voce severa, mi domanda perché ho messo dei soldi nella busta. Io le rispondo che sapevo quanto costava la vita a Vienna, così come sapevo che quello era l'unico modo perché li accettasse. Dall'altro capo del telefono, silenzio. Dopo un attimo, la sento aggiungere: *– sei un bandito, ma ti voglio tanto bene. –* A malincuore, ci salutiamo e terminiamo la telefonata.

I giorni passavano veloci, ed ora ero io quello un po' a disagio: la pensavo spesso, sempre era presente dentro di me. Per fortuna, da quando ero in pensione, avevo iniziato a dedicarmi al pianoforte, uno strumento che mi era sempre piaciuto, ed era già da un po' di tempo, che un paio di volte alla settimana, per una o due ore, prendevo lezione. Questo mi distraeva dal pensare a Manuela. Il maestro mi diceva che facevo progressi, ed era vero, tanto era l'impegno che ci dedicavo, e che mi aiutava a non pensare a lei. Ormai eravamo in luglio, ed erano più di due settimane che non la sentivo. Non avevo intenzione di disturbarla in alcun modo, ed avevo ormai rinunciato all'idea di chiamarla. Continuavo la vita di sempre, facendo diverse visite agli amici.

Come quella domenica. Il giorno prima avevo ricevuto un invito da un amico, al quale avevo aderito con piacere, ed ora eccoci qui in barca, in nove tra ex-colleghi, familiari ed amici, in una calda giornata di luglio, diretti verso Torcello, e poi Burano. Qui decidiamo di fare il bagno e prendere un po' di sole, e poi, visto che si sta avvicinando l'ora di pranzo, il mio amico Mario propone di andare a mangiare al *Gatto Nero*, un buon ristorante, il gestore si chiama Ruggero ed è anche un mio amico, dove fanno dell'ottimo pesce. L'idea piace, a me come agli altri amici. Così risaliamo in barca, e attraverso i canali di Burano arriviamo in breve tempo al ristorante, dove trascorriamo due piacevolissime ore, bevendo, mangiando e scherzando con allegria. E dopo, ancora laguna e sole… quando rientro a casa è quasi l'ora di cena. Sono contento per la bella, intensa giornata passata in barca, ma ho voglia di uscire ancora.

9

Dopo una doccia mi vesto ed esco, per andare a fare visita ai miei genitori, dal momento che era da un pezzo che non li vedevo. Anche loro sono contenti di vedermi, ceniamo assieme, e intanto parliamo di fratelli e nipoti. La mamma, poi, fa la domanda di rito:

– Sandrino, perché non ti trovi una donna e ti sposi?–
– Ahi ahi, cara mamma, ma io sto bene così! La libertà è bella! E poi non ho tempo per le donne, specialmente adesso che studio il pianoforte... –
Intanto mio padre si mette a ridere: – ma dai, il piano vuoi suonare? –
– Perché no? – continuo io. – La musica mi è sempre piaciuta, ed ora ho l'occasione di suonarla. –

Intanto arriva la mamma col caffè, così terminiamo anche il discorso sulla musica. Poco dopo li saluto con un bacio, e me ne vado. Sì, la musica in quel periodo mi stava aiutando molto, ed infatti il mattino seguente, subito dopo colazione, telefono al maestro Renzo per anticipare l'orario della lezione pomeridiana, visto un impegno imprevisto e improrogabile. Nel pomeriggio, poi, dopo aver seguito la lezione di piano, vado fare visita all'amico Raffaele, che stava poco bene. Non annuncio la mia visita, voglio fare una sorpresa all'amico, che quando mi vede è molto contento. Si parla dei tempi passati, delle centinaia di cose fatte assieme, mentre sorseggiamo un succo di frutta con ghiaccio che intanto sua moglie ci ha portato. Dopo una lunga e piacevole conversazione, lo saluto assicurandogli ulteriori visite. E me ne vado a mangiare una pizza, visto che non ho voglia di cucinare ed il frigo, a casa, è mezzo vuoto, dal momento che non ho avuto il tempo di fare la spesa. Finalmente arriva quel giovedì. Era una tranquilla, calda serata di fine luglio, quando improvvisamente squilla il telefonino. Lo prendo in mano, ci do un'occhiata, e vedo chi mi sta chiamando: è Manuela!
Improvvisamente il cuore inizia a battermi all'impazzata, e devo raccogliere tutta la calma di cui dispongo per risponderle con un tono normale:

– Ciao, Manuela... –
– Ciao, Sandrino... come va la vita, tutto bene? –
– Non male, grazie, ma certo si stava meglio quando c'eri tu...!

– *Vuoi dire che ti manco?* – Dopo un attimo di intenso silenzio, scandisco la risposta molto lentamente: –*Sì, tanto...* –
– *Anch'io sono stata bene con te, come non mi era mai successo prima...* –

Manuela continuava a parlare, ed io ascoltavo senza dire nulla, mentre dai miei occhi cadevano lacrime silenziose. – *Pronto, sei ancora in linea?* – domanda lei, dopo il mio prolungato silenzio.

– *Si, si...* – rispondo io, ma intanto non riuscivo certo a modulare la voce normalmente. Lei capisce subito. – *Ma tu stai piangendo!* –
–*No, no!* – rispondo, mentendo, mentre cerco di riprendermi per non farla stare male. – *Sai, sono i bei ricordi che mi hai lasciato, a farmi venire la nostalgia* –
– *Sandrino,* – continua lei, – *ti senti solo?* –
– *Beh, un poco...* –
– *E perché non vieni a Vienna, giusto per due o tre giorni?* –
– *Cosa hai detto?* – replico io, con tono abbastanza incredulo.
– *...di venirmi a trovare! Certo, io non posso ospitarti come hai fatto tu, dal momento che per contenere le spese convivo con tre amiche. Ma qui comunque ci sono moltissimi hotel!* –
– *Guarda che io vengo sul serio* – replico io.
– *Bravo! Così mi piaci! Devi essere sempre deciso!* –
– *Bene!* – continuo io, con voce ormai rinfrancata, – *Allora prenota una stanza in un hotel vicino a dove vivi, da domani e fino a lunedì. Prenderò il volo delle 14.30 e alle 16 sarò all'aeroporto di Vienna; è il volo, se ti ricordi, che precede quello delle 20, quello che hai preso tu, in giugno...*
– *Allora, ci vediamo domani?* –
– *Si, certo...ciao!* –
– *A domani, Sandrino!* –

Dopo aver riattaccato, sono effervescente ed emozionato. Tiro fuori una valigia, e inizio a riempirla con l'occorrente per tre giorni. Poi me ne vado subito a letto, senza però riuscire a prendere sonno: come un bambino, non vedo l'ora che sia già il giorno dopo. La mattina seguente mi alzo di buon'ora, faccio doccia e barba, mi preparo un buon caffè, forte

11

e lungo, chiamo un taxi e, valigia alla mano, mi faccio portare all'aeroporto, dove arrivo in tarda mattinata. Ho tutto il tempo quindi per fare il biglietto, comprare qualche giornale, e andare al ristorante per pranzare con calma, in attesa dell'imbarco. Alle 16, come da programma, atterriamo a Vienna. Appena fuori della zona degli arrivi, cerco subito con lo sguardo Manuela, ma non riesco proprio a individuarla tra la numerosa folla, quando improvvisamente due mani, da dietro, mi tappano gli occhi:

– *Indovina chi è!* –
– *Manuela* – dico io, a voce alta, e intanto mi giro di scatto, abbracciandola e baciandola sulle guance...

Lei, come vecchi amici, mi prende sottobraccio e mi accompagna fuori dell'aeroporto, dove chiama un taxi. Appena saliti, si rivolge al conducente con una pronuncia da madrelingua, dandogli indicazioni per portarci all'Embassy, un bellissimo hotel cinque stelle dove aveva prenotato una stanza a mio nome. In meno d'un quarto d'ora siamo all'hotel. Qui do carta di credito e documenti a Manuela, che in poco tempo disbriga tutte le formalità.
Basta solo una mia firma, alla fine, ed ho in mano la chiave della stanza n° 22. Saliamo con l'ascensore, ed entriamo nella stanza dove appoggio la valigia e mi rinfresco un attimo, ma abbastanza di fretta, perché fuori c'è ancora il sole e vogliamo approfittarne. Manuela mi porta subito alla Cattedrale di Santo Stefano, una grandiosa costruzione gotica, e quando siamo lì, visto l'alto campanile accanto, insiste per salirci: solo mentre acquisto i biglietti, con mia grande sorpresa, mi rendo conto che non c'è l'ascensore... oh mamma mia, quante scale abbiamo fatto! Si saliva, sempre e solo si saliva, gli scalini, uno dopo l'altro, non finivano mai!
Eppure, mentre ero con lei – e questo a me importava più di tutto – tale era la sensazione di forza e benessere che me ne veniva che nemmeno sentivo la fatica, mi sembrava di salire in Paradiso!
Solo poi, quando lo abbiamo raggiunto il Paradiso, ho pensato bene di sedermi un po', per recuperare: ed era bello stare lì ad ascoltare le diverse lingue degli innumerevoli, variopinti visitatori. Dopo un po' mi alzo, e mi avvicino a Manuela, per ammirare con lei lo splendido paesaggio intorno, reso magnifico anche dall'altezza privilegiata del nostro

punto di osservazione. Dopo circa un'ora scendiamo – tutt'altra cosa rispetto alla salita – ed è ormai l'ora di cena, così andiamo a mangiare. Poi decidiamo di andare ad un piano bar, per bere qualcosa. Manuela non finisce di stupirmi: il cameriere non conosce il drink che lei gli chiede, ed allora è lei a spiegargli ricetta e procedura... ne prendiamo due, e quando lo bevo constato che è proprio buono! Anche di cocktail s'intendeva l'amica mia! Quando usciamo dal locale sono già le undici. Forse un po' troppo all'improvviso le domando:

– *Allora, cos'hai deciso? Resti con me, o torni a dormire dalle tue amiche?* –
– *Ma Sandrino* – replica lei con acume, – *a Vienna ci sei venuto per mangiare, o per trovare me?* – Capisco di averti fatto una domanda stupida, – rettifico io – *ma quello che volevo dire è che io non decido nulla, se tu non sei d'accordo... certamente sono venuto per te, ma su questo punto voglio che l'ultima parola sia la tua.* –
– *A me piacciono gli uomini gentili e galanti...* – mi dice, guardandomi e sorridendo, –*... proprio come te. Tu non mi tratti come un oggetto e vicino a te, semplicemente, sto bene. Dai, Sandrino, andiamo...* –

All'hotel si fa dare la chiave n°22, e poco dopo siamo in camera. Mentre disfo la valigia con le poche cose che ho portato, noto che nella stanza ci sono due letti... – *è giovane sì, ma più sveglia di me,* – penso tra me e me, mentre vado a farmi una doccia, – *questa stupenda Manuela ha pensato a tutto...* – Giusto il tempo di insaponarmi e mettermi lo shampoo, che si apre la porta della doccia ed entra lei, nuda, ed inizia ad abbracciarmi e a togliermi il sapone dal corpo. Ero al settimo cielo per la sorpresa! Le metto anch'io dello shampoo, e come due bambini, giochiamo a lavarci; poi, però, appena risciacquati, facciamo l'amore. Non l'avevo mai fatto, così, in doccia, e tutta questa felicità inaspettata mi dava quasi l'impressione che fosse un sogno, mentre l'acqua continuava a scorrere e a caderci addosso per quasi un'ora...
Poi usciamo, e ridendo ci asciughiamo. Intanto apro il frigo, per vedere cosa c'è da bere, mentre Manuela si è seduta sul letto, e mi guarda pronta a cogliere lo stupore sul mio volto. – *E no!* – *esclamo mentre vedo una*

13

bottiglia di Martini Bianco, – anche questo c'è! L'unico liquore che io bevo! Manuela...sei super!! – Lei si alza, si avvicina e mi bacia. Subito dopo io verso il Martini nei bicchieri, aggiungo del ghiaccio, e facciamo un brindisi alla nostra felicità! Era proprio una donna imprevedibile, Manuela, piena di vitalità ed iniziativa, ed infatti subito dopo gustato il nostro vermouth inizia ad accarezzarmi, e io ricambio baciandola... il nostro atto d'amore continua per quasi due ore e alla fine, stremati, prendiamo sonno assieme, uno accanto all'altra. Il giorno seguente mi sveglio di buon'ora. C'è già un bel sole fuori, in questo bellissimo sabato mattina, ed alcuni raggi obliqui già battono dentro la nostra camera. Manuela è accanto a me. Sto guardando il suo corpo stupendo, quando all'improvviso si sveglia.

– *Ciao...! Sandrino, lo sai che ho fame?* –
– *Caspita!* – le rispondo io, – *ma è segno di ottima salute!* –

Lei si mette a ridere ed io, intanto, chiamo la reception ed in inglese – visto che il tedesco non lo parlo – ordino la colazione in camera; nell'attesa, vado a lavarmi, poi ci va Manuela, e mentre sta finendo di asciugarsi, arriva la colazione che io sistemo sul tavolo. Ci accomodiamo, gustandoci ciò che ci hanno appena portato, e chiacchierando con grande serenità di cibi austriaci e francesi, quando di botto e quasi con nostalgia Manuela dice:

– *Oh Dio! Come mi mancano gli spaghetti allo scoglio!* –
– *Perché,* – indago io, – *avresti voglia di mangiarli?* –
– *Certamente sì* – conclude lei sommessamente.

Intanto, mentre continuavamo la nostra colazione, do un'occhiata furtiva all'orologio... all'improvviso mi viene un'idea: sono le 11.00, prendo il telefono e chiamo la reception dell'hotel per farmi dire qual è il primo volo disponibile per Venezia dopo le 13.00. Lei mi guarda con sorpresa:

– *Cosa ti succede adesso? Te ne vuoi andare via, così, improvvisamente? Sei arrabbiato con me?* –
– *No, no* – replico io, – *... niente di tutto questo.* –
– *E cosa, allora?* – Prima hai affermato che... mangeresti volen-

14

*tieri degli spaghetti allo scoglio. E vedrai che stasera noi li man-
giamo...* – Manuela è come stordita:
– *Tu vuoi portarmi a Venezia per mangiare gli spaghetti e ripor-
tarmi qui il giorno dopo?* –
– *Sì.* –
– *Ma tu sei pazzo!* –
– *Sì, lo sono,... ma di te!* –

Improvvisamente suona il telefono. Mi informano che c'è un volo
alle 13.30. – *Bene!* – esclamo, chiedo subito una prenotazione per due,
con volo di ritorno domenica sera alle 21.30 (ricordavo infatti quello
preso da Manuela in giugno). Infine prenoto un taxi, per cinquanta minuti più tardi, fuori dell'hotel. Manuela continuava a fissarmi incredula:

– *Sandrino, con me non ho nessun vestito, nessun cambio dell'intimo...!* –
– *Non serve niente, Manuela, compriamo tutto a Venezia, dai, sbri-
gati, già sai che dobbiamo essere al check-in almeno quaranta-
cinque minuti prima del volo, e quindi ora abbiamo pochissimo
tempo...!* –

Lei inizia subito a prepararsi alla svelta ed io anche e pochissimo dopo
siamo alla reception a regolare il conto avvisando comunque che saremmo stati di ritorno per domenica sera e quindi di tener riservata la
camera. Prendiamo il taxi, arriviamo all'aeroporto e alle quattro del pomeriggio siamo a Venezia, come programmato: da qui altro taxi che ci
porta a casa, dove ci sistemiamo velocemente per poi uscire con la mia
macchina a fare spese e prendere tutto quello che ci serviva, sia a me
che a lei. Manuela ancora non ci credeva, che fosse tutto vero. Finito lo
shopping, la porto al ristorante sul viale a mangiare gli spaghetti allo
scoglio; e ne aveva proprio voglia, infatti se ne divora un piattone intero.
Ma alla fine, mentre ci beviamo uno sgroppino, mi guarda in un modo
che mi mette un po' a disagio:

– *Dimmi, Sandrino, quanto bene mi vuoi?* –
– *È una domanda?* – replico io a mia volta.

– *Sì che lo è!* – continua lei.
– *Non hai per caso la domanda di riserva?* –

Lei scoppia a ridere, fin quasi alle lacrime, si alza, e mi abbraccia, baciandomi sul collo aggiunge:

– *Sei meraviglioso. Ti voglio un bene da morire. Con te sono super felice...!* –
– *Basta Manuela, basta, per favore...sai che sono sensibile alle belle parole!* – la incalzo io, ma intanto i miei occhi sono già colmi di lacrime – *altre due parole e va a finire che piango davvero...!* –

Lei mi guarda e si rende subito conto che non sto scherzando. Senza dire nulla, mi dà un silenzioso, lungo bacio. Pago il conto, e come due innamorati ci dirigiamo passeggiando verso la macchina per andare a casa.

Appena arrivati, lei va a sistemare quanto avevamo comprato ed io vado a lavarmi. Mentre esco dal bagno, ancora in accappatoio, la incrocio mentre è lei ad andare farsi una doccia, con in mano spazzolino, dentifricio e la nuova biancheria intima... Sto ancora finendo di preparare due Martini con ghiaccio, quando Manuela mi raggiunge in cucina. Continua a dirmi che non riesce a capacitarsi di essere a Venezia, e che le pare di star sognando...! Beh, d'altronde è quello che provo anch'io, e quindi le rispondo che non potevamo che viverlo, questo sogno! Finito di gustare il nostro vino liquoroso, se ne va in camera, mentre io sistemo un po' in cucina. Quando la raggiungo, mi sta aspettando distesa a letto, con addosso solo la biancheria intima... ha voglia di fare l'amore, ma anch'io avevo una voglia matta di sentire il calore, e il profumo che il suo corpo emanava durante l'amplesso.
La luce tenue del comodino giocava col bianco del suo bellissimo corpo, rimandandomi riflessi e immagini in cui mi sembrava di osservare una fulgida, affascinante bambola. Mi inginocchio vicino a lei, accanto al letto, e dopo averle slacciato il reggiseno le bacio il seno, mentre lei inizia ad accarezzarmi la testa ed a respirare affannosamente, come se le mancasse l'aria, sempre più forte... le tolgo poi l'ultimo indumento, di ostacolo al suo massimo piacere, mentre lei mi spinge sempre più verso di sé, invocando il mio nome più volte, ed ansando sempre più...! Alla

16

fine, lentamente, si ferma, ed io capisco che ha raggiunto il suo orgasmo. Io però continuo a baciare quel corpo flessibile e vellutato, ovunque, con ardore. Lei, poco dopo, si riprende dalla fatica del piacere, e tenta di afferrarmi, di riportarmi vicino a sé.

– *Sandrino, ti prego, vieni qui vicino...* – mi dice: capisco che ora vuole altro. Mi alzo, mi avvicino, ed intanto inizio a baciarla, mentre lei riesce a guidare il mio corpo portandolo sopra di sé, per poi cingermi forte dietro la schiena con gambe e braccia, fin quasi a togliermi il respiro...!

Andiamo avanti così per un bel pezzo, mentre il nostro amplesso diventa sempre più frenetico, con lei che continua a ripetere il mio nome, e a conficcare le unghie nella mia pelle, quasi scorticandola, fino a raggiungere, ancora una volta, il massimo piacere!

Ma il dolore che mi procura, addirittura superiore alla volta precedente, si amalgama alla mia voluttà, alla foga impetuosa del mio desiderio, fino al punto che anch'io non resisto oltre ed esplodo, mentre la bacio sulle labbra e invoco – ora sono io a farlo – il suo nome... alla fine siamo talmente esausti, talmente sfiniti da addormentarci uno accanto all'altra, immobili, così come ci troviamo. Al mattino seguente, appena alzatomi, noto che le lenzuola, dal mio lato del letto, sono sporche d'un intenso rosso scarlatto. Mi sto domandando quale possa esserne la causa, quando la risposta mi viene suggerita dal bruciore che sento alle spalle. Mi guardo allo specchio: noto subito i vistosi segni delle unghie di Manuela per tutta la larghezza delle spalle.

Ciò nonostante, non voglio che lei se ne renda conto e si senta perciò imbarazzata o a disagio: cerco allora di dissimulare le macchie sulle lenzuola mettendoci sopra un cuscino, indosso in fretta una maglietta e me ne vado in bagno, facendo finta di niente. Quando esco, la incrocio che si è appena alzata e sta andando in bagno, ci salutiamo con un bacio, poi la lascio andare e ritorno in camera, dove posso rifinire la mia opera di dissimulazione. Come ormai di consueto, preparo il caffè con un'abbondante colazione, che consumiamo con appetito in poco tempo. Il resto della giornata, vola via in quattro e quattr'otto.

È già l'ora di pranzo quando decidiamo di uscire a fare un giro. L'ombra sontuosa di alcuni ombrelloni ci attira nel prato di un bar, dove ci gustiamo dell'ottimo gelato al cioccolato e panna. Poi, di nuovo a casa per prepararci. Nel tardo pomeriggio è immancabile per noi un'ulteriore visita al ristorante sul viale, per i nostri ultimi spaghetti allo scoglio, prima della partenza... E infatti poco dopo le sette siamo all'aeroporto per le procedure d'imbarco, dove consegniamo i bagagli. In breve siamo a bordo, e dopo nemmeno due ore atterriamo a Vienna, mentre Manuela ancora non crede ai suoi occhi, e scherza, ride, fa battute e continua a ripetermi che sono meraviglioso! Magico!

Dall'aeroporto prendiamo un taxi: la faccio portare al suo alloggio, e lì davanti, ci salutiamo con un lungo bacio, rimanendo d'accordo per trovarci il giorno dopo alle due del pomeriggio, nella hall del mio albergo. Dal tassista mi faccio condurre proprio qui, dove mi faccio consegnare la chiave della mia camera, quella con quel numero 22, a cui ormai mi sto affezionando. Dopo una giornata così intensa e ricca d'emozioni una doccia ed un buon sonno sono ciò che ancora mi manca, per concluderla bene.

Quando mi sveglio, al mattino successivo – è lunedì –, sono pieno di energia, anche se mi sembra di riemergere dalle profondità di un altro mondo, sento che è il momento giusto per tentare di capire, per fare il punto di quanto mi è capitato in quegli ultimi tre densi, spensierati giorni. Mi affiora un sorriso sulle labbra: – *che energia mi ha dato, questa giovane e bella donna, per farmi fare tutto ciò che ho fatto!* – Così dicevo tra me e me, ma intanto, mi raggiungeva un nuovo dubbio, un nuovo dilemma: – *Sandrino, non ti starai per caso innamorando?* – Mi veniva da scacciare, allontanare immediatamente quel pensiero: – *No! No!* – mi ripetevo, – *la questione è semplice: a lei piace stare con me, ed anch'io mi trovo molto bene con lei... fintanto che dura, mi sta bene, ma poi lei dovrà farsi la sua vita, e trovare un brav'uomo della sua età!* –

L'accavallarsi di tante considerazioni, così veloci, mi induce a prefissare la mia partenza a martedì. Intanto, però, mi sono già vestito e preparato alla nuova giornata viennese... Ormai è tarda mattinata, quando esco. Faccio colazione, e poi passeggio in serenità per il lungo viale alberato che fiancheggia l'hotel, guardando negozi, persone e vetrine. Esposto in una di queste, vedo un bellissimo orologio da donna. Mi prefiguro la scena: lo vedo perfetto al polso di Manuela. – *Le farò una bella sorpresa* – penso, mentre sto entrando nel negozio. Mi informo, come al solito in inglese, sul prezzo, che mi dicono essere di 580 euro. – *Oh mamma mia,*

– penso, – *è costoso!* – e sto già meditando di lasciare perdere, quando il pensiero di quanto sarebbe stata felice – ne ero sicurissimo – mi fa cambiare idea. Mentre me lo faccio incartare, guardo l'ora. Manca circa un'ora al nostro appuntamento...

Visto che all'andata avevo camminato per un bel pezzo, decido di rientrare all'hotel, dove la aspetto seduto al bar, prendendo un caffè. Manuela, anche lei in anticipo sul nostro appuntamento, non tarda ad arrivare, dopo neanche un quarto d'ora. Non da sola, però. È accompagnata dalle sue amiche, con cui convive. Quasi con timidezza mi dice che volevano conoscermi. – *Va bene, Manuela...* – continuo io – facciamo le dovute presentazioni, allora.

Ciao a tutte, il mio nome è Sandrino Motta, e come forse già saprete sono un amico di vecchia data della famiglia di Manuela...e voi? – Parlavo in italiano, in quanto ricordavo quanto mi aveva riferito una volta Manuela, cioè che le sue compagne di appartamento studiavano e parlavano egregiamente l'italiano, tutte. Mi risponde per prima la ragazza alla mia destra, dicendomi che si chiama Francesca Leroy, e che, come Manuela, è francese anche lei. La ragazza al centro si chiama Marianna Cannavò, ed è italiana. – *Ah bene!* – esclamo io – *con te gioco in casa!* –

Le ragazze ridono, mentre si fa sotto l'ultima: Si presenta come Angela Fritz, ed è austriaca, di Salisburgo. Le invito quindi a sedersi e a prendere qualcosa.

La conversazione è leggera e piacevole, passiamo quasi due ore chiacchierando senza rendercene conto. Parliamo dei loro studi, del loro soggiorno a Vienna, di come vivevano e come si trovavano nell'elegante capitale austriaca. La ragazza italiana, Marianna, racconta di non vedere l'ora che arrivi fine ottobre, per dedicarsi al suo lavoro a Cortina, dove ad attenderla c'era un impiego in un albergo, vista l'apertura, a novembre, della stagione sciistica.

Le altre due ragazze, invece, finiti i loro studi a Vienna sarebbero ritornate a casa, senza però progetti precisi per il futuro. Ad un certo punto Manuela domanda come vogliamo passare la serata. Io propongo di cenare in un ristorante, per poi magari chiudere in un pub con un drink ed un po' di musica... – *E perché no una pizza!* – replica con entusiasmo Angela. La proposta piace a tutti, e così dopo non molto abbiamo già cenato con delle gustose pizze.

Mi viene da pensare che il budget delle ragazze, per la loro permanenza a Vienna in qualità di studentesse, sia limitato... per non intaccarlo troppo, propongo loro, quasi scherzando, di pagare io la cena e le ragazze accettano con piacere. Poi chiedo loro se sanno di qualche posto dove si può bere qualcosa, con un po' di musica e senza troppo casino. Per risolvere questo piccolo dilemma, ci soccorre l'esperienza della signorina Leroy, che conosceva un piano bar, non troppo distante, dove suonava un eccellente pianista di colore. Quando raggiungiamo il luogo in questione sono le nove.

Entriamo, e prendiamo posto non distante dal piano. Arriva subito il cameriere a cui ordiniamo dei soft-drink tipici del posto, piacevolmente freddi. Intanto mi guardavo intorno, ascoltavo la musica, e davo un'occhiata anche alle ragazze al mio tavolo: erano proprio carine, e si vedeva che tra loro andavano molto d'accordo; avevo fatto caso che nessuna di loro fumava, e che bevevano con moderazione, assaporando con calma la loro bevanda. – *Bene* – pensavo, – *sono proprio tipe in gamba* – mentre di quando in quando gettavo un'occhiata anche a Manuela. E già, Manuela. Con lei ero discreto e riservato, e la trattavo come un'amica, mantenendo anche un certa distanza, tra di noi, perché non volevo fare capire alle sue, amiche (anche se forse già lo sospettavano o sapevano), che tra lei e me c'era qualcosa di più, dell'amicizia... Immerso in questi pensieri vengo di colpo riportato alla realtà proprio dalla radiosa voce di Manuela:

> – *Sandrino, ma tu stai imparando il piano, in questo periodo! Perché non provi a suonarci qualcosa? Dai, vado dal pianista, a vedere se ti lascia...* –
> – *No, no, grazie!* – replico subito io. –*Suono solo da pochi mesi, non ho molta pratica, e non voglio fare una brutta figura!* –
> Intanto, però, tutte le ragazze insistono con entusiasmo:
> – *Dai, Sandrino, dai! Non farti pregare, prova!* –

Mentre ero distratto dalle ragazze, Manuela era andata dal pianista il quale ora con un ampio gesto del braccio mi stava invitando a prendere posto al pianoforte. – *Questa furbacchiona mi ha incastrato!* – pensai, ancora mi oppongo ribadendo che sono solo un principiante. Ma il pianista ride, e continua ad invitarmi al piano. Non mi resta altro da fare che bere un sorso dal bicchiere – giusto per buttare giù il nodo che avevo in gola – ed andare a prendere posto al piano, intanto, pensavo a quanto continuava a ripetermi il mio maestro, ai suoi preziosi suggerimenti: *Sandrino, sii rilassato, mai teso.* Penso allora di attaccare con un pezzo di Charlie Chaplin, tratto da *"Luci della ribalta"*, pezzo che conoscevo abbastanza bene dal momento che lo provavo spesso col maestro: parto lentamente, e mano a mano che mi scaldo guadagno velocità e sciol-tezza; sinceramente, l'esecuzione del pezzo mi viene abbastanza bene, e alla fine tutti mi battevano le mani! Sostenuto e rinfrancato da questo incoraggiamento, passo allora al mio pezzo preferito, *"Mentre il tempo passa"* tratto dal film *Casablanca.* Sto ancora eseguendo il finale del pezzo, quando Manuela si avvicina, si china verso di me, mi abbraccia baciandomi sulla guancia, mentre intanto mi sussurra all'orecchio: – *sei bravo anche al piano, non solo a letto... e poi, sai che questa musica è una delle mie preferite?* –

Manuela resta in prossimità del piano, continua a scherzare e a farmi ri-dere, mi dice: – *suonala ancora Sam* – (come nel film). Le faccio un sorriso e l'accontento, dopo eseguo altri due, o tre brani... alla fine, usciamo dal locale, le ragazze stanno si complimentano ancora con me!

Poi, un po' appartate, confabulano tra loro e dopo nemmeno un centinaio di metri le amiche di Manuela si congedano da noi: il loro alloggio, in-fatti, non è lontano da dove ci troviamo.

Mi ringraziano di tutto (erano state mie ospiti anche al piano bar) e ri-badiscono il piacere di avermi conosciuto; io, da parte mia, contraccam-bio, per poi congedarmi da loro. Manuela ed io ci dirigiamo invece verso l'hotel. Strada facendo domando a Manuela se anche questa volta ha preordinato tutto lei: mi risponde di sì, aggiungendo che con le amiche era già d'accordo per trovarsi la mattina seguente alle dieci, all'univer-sità. Non appena entrati nella stanza dell'hotel, Manuela, baciandomi con foga, mi blocca contro il muro, mentre intanto le sue mani mi fru-gano dappertutto. E, sempre cingendomi con forza alla vita, mi dice che quella sera era già un bel pezzo che aveva voglia di baciarmi così: quasi con candore, mi chiede di scusare la sua intemperanza... io invece, mi metto a ridere: le faccio capire che mi piaceva anche per quello, per come baciava con la bocca aperta, mentre io la esploravo con la mia lin-

21

gua! Mi piaceva così tanto – aggiungo – che non volevo che cambiasse mai! Intanto, seppure avvinghiati come siamo, riesco a mettere una mano nella tasca della giacca, dove avevo riposto l'orologio, e staccandomi un poco dalla sua irresistibile bocca le annuncio la mia sorpresa:

– *Manuela, ho un regalino per te... non te l'ho dato prima perché c'erano le tue amiche.* – Lei si scosta un po' da me, mi guarda negli occhi e poi, tra il serio e il faceto, mi rimprovera:
– *Sandrino, non devi spendere troppo per me...* – ma intanto ha già cambiato tono di voce e ridendo aggiunge: – *E dov'è, dov'è questo regalino?*–

Mi faceva proprio ridere, Manuela, con quell'aria da incantevole eterna bambina innoccente! La adoravo! Nella penombra della stanza le allungo l'involucro in mano, lei intanto accende la luce e poi lo scarta in gran fretta. Appena si rende conto che è un orologio, prorompe in grida stupite:
– *Ma è meraviglioso, Sandrino! E ne avevo anche bisogno!* – Mi abbraccia, ed inizia a baciarmi come era solito fare, – mi faceva proprio impazzire – senza staccare mai le labbra dalle mie e con le nostre bocche serrate l'una contro l'altra, senza interrompere il nostro frenetico bacio, ci spogliamo per poi andare a finire sul letto, giusto qualche metro più in là, a concludere la serata con uno stupendo amplesso... Manuela mi rivolge la parola mentre siamo ancora un po' storditi, ancora abbracciati a letto:

– *Quanto ti fermi ancora?* –
– *Parto domani* – le rispondo seraficamente io.
– *Ti prego, fermarti un po' di più...* –

Mi stringe con ancor più forza a sé, ed io la bacio sulla fronte. – *Se ti ricordi, all'inizio dovevo rientrare oggi, a Venezia, e poi ho posticipato la partenza a domani* – Mi viene da parlarle con ancor maggiore dolcezza: – *...nessuno sa che sono qui: qualcuno si potrebbe preoccupare... domani sera, poi, ho la lezione di piano, e devo sbrigare alcune faccende in sospeso, che ho trascurato...* – Manuela s'incupisce. Non c'è più neanche l'ombra del sorriso sulle sue labbra. A vederla così mi piange il cuore, non resisto proprio. La stringo forte contro di me, avvicino la mia bocca al suo orecchio destro, e dopo che le ho dato un piccolo morso le dico: – *Parto il prossimo lunedì alle 13.30, mia piccola rondine, va bene così?* –

Lei, di scatto, monta sul mio corpo a cavalcioni, mi allarga le braccia bloccandole, ed inizia a baciarmi su tutto il viso: – *Sei fantastico, Sandrino. Tu sei la mia felicità!* – mi dice con un entusiasmo che sembrava avesse vinto alla lotteria! Nella felice prospettiva di tanto tempo da passare ancora insieme, cadiamo lentamente addormentati assieme... Dal mattino seguente, e fino a domenica, le giornate trascorrono in uno spensierato, idilliaco ménage, ritmato da nuove, piacevoli abitudini.

Manuela infatti per tutta la settimana va a lezione alle 10, per poi rientrare nel primissimo pomeriggio. Io, intanto, impiego il tempo per piccole commissioni, passeggio con curiosità per la città, o semplicemente siedo al tavolino di un qualche ameno locale dove leggo, sistemo la mia agenda, prendo qualche appunto e... aspetto che ritorni Manuela, dall'università. Allora andiamo a mangiare in un qualche localino e poi per il resto della giornata visitiamo i più reconditi e affascinanti angoli e posti dell'incantevole città danubiana.

Per tutta la settimana la leggerezza e la serenità che ci animano sono tali da farci sembrare una coppia in un felice e spensierato viaggio di nozze...

Quando arriva domenica, Manuela, vista la mia imminente partenza, l'indomani, organizza un incontro con le amiche, per passare il pomeriggio insieme e poi salutarci.

Ed infatti le tre amiche passano a prenderci all'hotel nel primo pomeriggio, e da lì iniziamo la mia ulteriore, ultima visita alla città: andiamo così a passeggiare per gli eleganti Giardini reali, per poi visitare la magnificente dimora di Francesco Giuseppe: e cioè il castello del famoso e longevo imperatore asburgico.

Quando però poi qualcuno propone di andare alla Cattedrale di Santo Stefano, io rifiuto decisamente: la conosco già molto bene, aggiungo spiegando il mio secco rifiuto, e poi lì vicino ci sono troppe scale…

Manuela ride, mentre scherzando ci avviamo verso il fiume del noto valzer. Qui arrivati le ragazze, quasi in un coro giocoso, mi chiedono di che colore è.

–*Beh, a me sembra blu, come tutti dicono...*– rispondo io, senza

23

troppa convinzione.

– *Sandrino* – continua Marianna, la mia connazionale, con disinvoltura tutta femminile, – *qui si dice che quando una persona,
uomo o donna che sia, vede il Danubio blu, beh, questo vuol dire
che è innamorata!* – Istintivamente mi viene da cercare lo sguardo
di Manuela. Ma è proprio lei che, ridendo, aggiunge:

– *Sei diventato rosso in viso!* –

– *Beh ragazze...* – continuo io, per togliermi subito dall'impaccio,
– *che ne dite se la finiamo con i colori, ed iniziamo invece con i
gusti? Allora... andiamo a mangiare?* –

Ridendo e scherzando, in conviviale compagnia, raggiungiamo la pizzeria in cui eravamo stati il lunedì precedente, dove ceniamo con liba-
gioni di spumosa birra: la serata passa in fretta, e nel primo dopocena
sono lì, fuori della pizzeria, a congedarmi dalle ragazze con baci e abbracci.

Manuela invece era già da un pezzo che mi faceva premura per tornare
in hotel. Era lei che aveva escluso ulteriori giri per pub o locali vari,
dopo la pizza. E adesso era lì, quasi spingendomi, per ritornare il prima
possibile all'hotel. Era la nostra ultima notte insieme a Vienna. L'indomani, quando lei avesse terminato di frequentare i suoi corsi, io non sarei
più stato lì ad aspettarla, bensì già in aeroporto... Arrivati all'hotel,
chiedo al responsabile della reception di prenotarmi un posto per il volo
delle 13.30 per Venezia, il giorno seguente. Poi, chiave alla mano, ci re-
chiamo in camera, dove ci mettiamo a nostro agio con un ormai consueto
Martini con ghiaccio, chiacchierando un po' di tutto... Dopo non molto
le dico che vado a lavarmi, non prima di averla guardata intensamente,
per un attimo. Lei capisce al volo il mio desiderio. Si spoglia in fretta:

– *Beh, che dici, la facciamo insieme questa doccia?* – mi domanda, senza però aspettarsi una vera risposta.

– *Vuoi chiudere il mio soggiorno a Vienna così come l'hai iniziato?* – le chiedo io. –*No, Sandrino, meglio!!!* –

Entriamo insieme in doccia, e come due bambini che giocano felici passiamo un tempo interminabile insaponandoci, versando shampoo dappertutto, scherzando e ridendo come matti, per poi, solo alla fine, fare

l'amore. Dopo esserci asciugati, ci gustiamo un altro Martini, dopodiché ce ne andiamo a letto, ognuno per conto suo. La mattina seguente mi alzo alle sette, e lei è lì sul suo letto – faceva caldo – che dorme, nuda. Quando esco dal bagno, la trovo sveglia, ancora un po' assonnata, mi dà il buongiorno allargando le braccia per farsi baciare. Quando mi chino per baciarla cingendomi mi tira verso di sé, dicendo che ormai ero *"suo prigioniero"*. Era sempre così eccitante, Manuela, che non sapevo proprio resistere ai suoi richiami... Facciamo un'altra volta l'amore, impiegando tutto il tempo a disposizione, fino a quando Manuela deve prepararsi per la sua lezione delle dieci. Una rapida colazione, ed è già il momento di salutarci. Non riesce a trattenere qualche sparuta lacrima, che le riga il viso, ma è felice, mi dice, per il tempo trascorso assieme. E per il sogno che le ho regalato. Mi augura un buon viaggio, e rimaniamo d'accordo per sentirci quando arrivo. Ci salutiamo con un lungo bacio. Poi se ne va, chiudendo la porta dietro di sé: e per me è stato come precipitare nel vuoto. Me ne rimango lì, stordito, a fissare la porta per un bel pezzo, prima di riuscire a riprendermi. Il resto della giornata passa in un battibaleno. Alle 12:15 finisco di pranzare, e chiudo il mio conto all'hotel, prenotando un taxi per l'aeroporto. Alle cinque del pomeriggio sto già svuotando le valigie a casa. Mi sento, in un certo senso, di colpo catapultato alla mia vita di tutti i giorni. Sbrigo diverse telefonate contattando parenti, amici, e rispondendo a chi mi aveva cercato durante la mia assenza. Chiamo infine Manuela, che mi risponde dopo appena uno squillo. Evidentemente stava aspettando la mia telefonata, mi viene da pensare. Dopo le domande di rito, continua ancora a ringraziarmi per tutto.

– *No Manuela*– la interrompo io, – *te lo ripeto, il grazie va a te per avermi dato l'energia per fare tutto ciò che abbiamo fatto...*–
– *Come al solito non vuoi prenderti il merito per avermi fatto sognare, Sandrino...!* – insiste lei.
– *Ma anche il tuo ruolo non è stato da meno* – la incalzo io, per chiudere la questione. – *Allora, perché non ce lo prendiamo entrambi, questo merito?* –
– *Va bene, Sandrino, accetto!!!* – continua lei, ridendo. – *Sei un tipo più unico che raro! Chissà quando potremo passare un altro periodo così felice, come questo che abbiamo appena vissuto tra*

Venezia e Vienna! –

– *Mai dire mai* – proseguo io. –*E poi la vita è bella anche per i suoi fuori programma...* –

All'altro capo del telefono, sento un'altra risata cristallina:

– *Non c'è niente da fare!* – continua lei col fiato ancora un po' corto.

– *Con te non si può fare a meno di stare allegri! Mi mancherai tanto...!* –

– *Adesso pensa solo a studiare, che è la cosa più importante. Tutto il resto, si vedrà più avanti...* – Mi accorgo che cercando di rinfrancare Manuela, sto anche rinfrancando me stesso. – *Se hai qualche problema che io possa aiutarti a risolvere, Manuela, non esitare a chiamarmi...* – ma ripeto deve rimanere sempre un segreto tra te e me –

– *Ti voglio tanto bene, Sandrino.* –

– *Anch'io te ne voglio tanto piccola rondine...* – concludo io, mentre finiamo di congedarci, quando però tra noi è già calato un velo di tristezza...

Il giorno seguente riprendo il mio consueto ménage di vita. Telefono al maestro Renzo per fissare una lezione, e poi vado a pranzo dai miei genitori, senza accennare niente a nessuno della mia esperienza viennese. Eravamo a fine agosto, i giorni passavano in una tranquilla quotidianità, e non avevo ancora sentito Manuela. Ero stato molto chiaro con lei: le avevo ripetuto più volte che non volevo assolutamente disturbarla, e che quindi avrebbe dovuto essere lei, a contattare me. Un giorno verso i primi di settembre il telefono squilla. È lei:

– *Ciao Sandrino!* –

– *Ciao Manuela,* – rispondo io, emozionato come al solito –

...*come mai ci hai messo tanto per farti viva?* –

– *Sai, fra un po' inizia la sessione d'esami e questo è il periodo in cui devo studiare di più: tra fine settembre e metà ottobre ho tre esami di lingue...* –

– *Bene, Manuela, tu sei brava: non preoccuparti e cerca di rimanere rilassata, e vedrai che tutto andrà bene.* –

– *E tu, lì, Sandrino a Venezia come va? Come passi le tue giornate?* –

*– Beh, da lupo solitario, tra qualche lezione di piano e qualche
uscita con gli amici. Sai, qui fa ancora caldo, così adesso abbiamo
in programma una gita di tre o quattro giorni in Croazia, in
barca... Per il resto tutto prosegue normale. –*

*– Scusa Sandrino, ora ti devo lasciare, ti saluto con un bacio e
spero di risentirti presto. –*

– Anch'io ti saluto. Ciao cara. –

Eravamo ormai ai primi di settembre, l'estate volgeva al termine e già
facevano capolino le prime piogge. Le mie giornate trascorrevano tran-
quille tra le visite a qualche amico o ai miei genitori; spesso ero al com-
puter a chattare con i tanti amici che avevo.

Un mercoledì verso fine settembre mi telefona la moglie del mio amico
Raffaele che qualche mese addietro ero stato a trovare: mi informa del
suo stato di salute, che va proprio peggiorando. La notizia mi colpisce
molto e ne rimango proprio male: sento che devo andare a trovarlo immediatamente. Quando lo raggiungo, lo trovo in sedia a rotelle. A stento
riesco a trattenere le lacrime: ma non voglio assolutamente turbarlo col
mio dolore per vederlo in quelle condizioni. Raffaele intanto mi guarda
e sorride, e con semplicità mi domanda cosa gli racconto di bello. Per
nascondere il mio vero stato d'animo sorrido anch'io, e inizio a parlare
di progetti e idee da portare avanti con lui quando si sarebbe ripreso da
quella brutta situazione. Raffaele mi interrompe:

*– Sandrino caro, questa mia malattia si può bloccare, si può ini-
birla e cercare di non farla sviluppare velocemente, ma è irrever-
sibile: è la sclerosi multipla... –*

*– Oh, mio Dio! – Esclamo io mentre cerco subito di riprendermi,
– ma vedrai che con un po' di terapia muscolare starai molto meglio! – –Sì, la sto facendo, e con fatica anche, perché non ho nessuno che possa portarmi e venirmi a prendere all'ospedale, ed
inoltre non ho la macchina adatta a questa mia condizione... –*

*– Non ti preoccupare, penso a tutto io, tu mi devi solo dire i giorni
e l'orario delle terapie e tutto il resto è un problema mio... –*

– E come fai? – Mi domanda Raffaele, mettendosi a ridere.

*– Allora non ricordi che io quel che dico mantengo? Sandrino ha
sempre una sola parola, se ti ho detto che ci penso io, tu non ti*

devi preoccupare... capito? –
– Ok Sandrino, allora guarda, lunedì prossimo devo essere in
ospedale alle dieci. –
– Bene, e a quell'ora io sarò qui con la macchina adatta. –

Chiacchieriamo un altro po' e poi lo saluto abbracciandolo mentre sia lui che la moglie continuavano a ringraziarmi. Non appena uscito inizio già a meditare a come risolvere il problema di cui mi sono fatto carico: provo subito a passare all'associazione *A.I.S.M.*, per sapere se loro potevano fare qualcosa per il caso del mio amico. La segretaria, una signorina, mi spiega che le prestazioni che lì erogavano erano gratuite, ma che il budget dell'associazione era limitato: non potevano assumere con stipendio nessuno e nonostante il buon parco macchine atte a trasportare persone affette da questa malattia, non c'erano autisti sufficienti. Appena sento ciò, intravedo una possibile soluzione per risolvere il mio problema. Per verificarla, mi rivolgo con entusiasmo alla segretaria:

– Bene! – dico, *– ed è possibile prestare opera di volontariato*
come autista, presso la vostra associazione? –
– Certo, accettiamo volontari... – mi dice squadrandomi un attimo,
forse ripercorrendo il mio stesso pensiero, *–ma guardi che non*
può prestare servizio solo per il suo amico, deve farlo per chiun-
que della nostra utenza... certo noi non la caricheremo di lavoro:
la contatteremo telefonicamente per sapere se lei è disponibile per
una prestazione in una certa data ed ora, esclusi i giorni festivi, e
se Lei può ci dà la disponibilità. Tra l'altro, allo stato attuale, Lei
sarebbe il nostro unico autista volontario... –
– E se trovassi altri volontari – la incalzo io, *– posso portarveli?–*
– Caspita! – replica lei con interesse, *– ci farebbe un grande fa-*
vore, e anche per Lei ci sarebbero meno servizi da fare! –
–Perfetto, mi sta tutto bene! – concludo io.

Mentre la nostra conversazione procede con le delucidazioni sulla mia nuova mansione, la signorina si prende giù i miei dati ed i recapiti telefonici, per poi trasmettere la mia domanda di adesione come volontario alla sede operativa centrale. Alla fine, ci congediamo entrambi con un bel sorriso. Il giorno seguente – giovedì– già mi chiamano per sapere se ero disponibile ad un servizio per i giorni di venerdì e sabato, alle undici di mattina: si trattava di andare a prendere uno stesso paziente, a casa, per portarlo a fare le terapie. Accetto, ed inizio così a familiarizzare con il nuovo ambiente.

Il Sabato, quando rientro all'associazione dopo l'ultimo servizio reso, chiedo conferma per ciò che avevo già preannunciato i giorni prima, e cioè l'utilizzo della macchina dell'associazione per portare, il seguente lunedì, il mio amico a fare le terapie. Mi dicono che non c'è nessun problema, e che era sufficiente compilare il giornale di bordo, come già avevo imparato a fare in quei giorni. Il lunedì successivo alle 9.20 arrivo a casa del mio amico Raffaele, con la macchina dell'associazione. Quando suono il campanello, alla porta viene ad accogliermi la moglie, Anna:

– *Buongiorno Sandrino, vedo che sei venuto con la macchina...* –
– *Per il mio amico Raffaele vengo anche in aereo!* – le rispondo io ridendo. Raffaele nel frattempo ci ha raggiunti e da dietro la moglie ha colto la nostra conversazione. Commosso, sta piangendo. Mi fa cenno di avvicinarmi, per un abbraccio. Quando mi parla, sta ancora singhiozzando: – *Sandrino, sei grande! Che Dio ti benedica!* –
– *No, no!* – esclamo io – *che benedica te, che ne hai più bisogno!* –

La mia vita si cadenzava ora in un nuovo ritmo: quella mia nuova attività dava un significato più autentico al mio tempo libero e quindi anche alla mia vita. Aiutare quelle persone, tra cui Raffaele, che era sempre più sorridente e meno preoccupato della propria situazione, mi infondeva un senso di grande serenità... Da lì a qualche giorno contatto degli amici, anche loro pensionati, per convincerli a dare una mano a queste persone. Alla fine quattro accettano, e li porto all'associazione a iscriversi come autisti volontari. Adesso eravamo proprio una bella squadra: nonostante non pensassi di essere portato per quel tipo di lavoro, forse per una dote nascosta, mi piaceva quello che facevo, agivo col cuore, e la segretaria era molto contenta del mio operato.

Ormai eravamo a metà ottobre, il tempo correva via veloce tra una giornata di sole e tre di pioggia, quando ricevo una telefonata di Manuela. Mi informa che ha superato tutti gli esami della sessione, lei come pure le sue amiche.

Aggiunge che a giorni sarebbe rientrata in Francia.

– *Bene... –* le rispondo io, *–sono molto contento per te e le tue amiche. E guarda che se vuoi passare qualche giorno a Venezia, prima di rientrare a casa, mi farebbe piacere... –*
– Non posso... – mi risponde sommessamente – *...papà mi ha già preso il biglietto dell'aereo. Sarà per un'altra volta. –* Le racconto della mia nuova, piacevole attività, e del benessere che me ne veniva. Lei mi risponde con un tono di voce più acceso: *Sono proprio contenta! Lo sapevo che sei grande, che hai un cuore stupendo! –*
– Basta, per favore! –
– Sì, lo so che con le belle parole ti commuovi e poi magari finisce che piangi! Se lo fai, è perché sei sensibile, ed io ti voglio tanto bene anche per questo! Grazie per tutto ciò che hai fatto per me... –

La nostra conversazione non dura molto oltre, e dopo i miei auguri di buon viaggio, ci congediamo un po' mestamente. Le settimane continuavano a passare, agglutinandosi le une alle altre diventando mesi.
Era una grigia mattinata di dicembre, ed io ero in cucina a fissare il calendario, che mi faceva pensare al passato: mi tornava alla mente il meraviglioso periodo passato con Manuela: che donna stupenda! Mi piaceva, si mi piaceva proprio, peccato però che io avessi 24 anni più di lei... alla fine giungevo sempre alla medesima conclusione: quanto prima avrebbe trovato un uomo alla sua altezza, adatto a lei.

La mia mente divagava su tutti questi pensieri, e stavo giusto considerando che ormai era da ottobre che non la sentivo, quando improvvisamente suona il telefono. Era un numero non memorizzato nel mio telefono. Rispondo.

– Sì, pronto? –
– Buongiorno, Sandrino! – mi dice una voce, che non riesco a riconoscere, dall'altro capo del telefono.
– Mi scusi, ma non so con chi parlo... –
– Sono Marianna... a Vienna, ricordi? –
– Ah sì, ora sì! Ciao Marianna, come va? –
– Volevo dirti che ora mi trovo a Cortina, dove lavoro come inter-

30

prete all'hotel Aurora. Volevo invitarti a passare di qua, quando vuoi e puoi... –

– Bene Marianna, Cortina non è così distante da qui. L'unico problema è che ora sto facendo del volontariato, e sono un po' impegnato: ma prima o poi il tempo per passare a salutarti lo trovo di certo. E tu, come ti trovi col lavoro? –

– Bene, anche se qui siamo in piena stagione sciistica, e c'è molto da lavorare! –

– Sono proprio contento per te, e non vedo l'ora di rivederti! Riguardo a Manuela, sai niente? Sai, da quando è tornata a casa non ho più notizie. –

– Beh, vedi Sandrino, noi ci sentiamo ogni tanto... so che adesso convive con un suo amico francese, di sei anni più vecchio di lei, che ha ritrovato a Vienna, alla nostra università, dove lui insegnava.

L'ho conosciuto anch'io, e se devo essere sincera non mi andava tanto, anche se a Manuela non ho mai detto niente perché non volevo che ci restasse male. All'inizio, a Vienna, avevano iniziato ad uscire insieme, ma quando poi mi ha detto che si sarebbe messa seriamente insieme a lui e che avrebbero convissuto, beh, sono rimasta proprio sorpresa!

Ultimamente, poi, mi ha detto che non è proprio contenta della scelta che ha fatto, perché a lui piace bere: qualche volta torna a casa ubriaco, e questo a Manuela non piace per nulla! –

– Ah! – esclamo io, – ora capisco perché non mi ha più chiamato! Quando il suo soggiorno a Vienna stava per terminare, l'ho invitata a passare qualche giorno qui, a Venezia, ma lei è rientrata subito in Francia, con la scusa che suo papà le aveva già fatto il biglietto! Mi dispiace proprio, perché Manuela è una brava donna, e merita di trovare una brava persona: ma di certo l'alcool non facilita i buoni rapporti...! Però tu non preoccuparti troppo, Marianna: Manuela è una tipa in gamba, e vedrai che risolve anche questa faccenda! Sai se sta lavorando? –

– Sì, ha un lavoro provvisorio part–time, in un'agenzia di viaggi. Senti, Sandrino, perché non provi a sentirla tu? Non dirle però che hai parlato con me... –

– Certo... – rispondo io, con una certa esitazione, – la chiamerò

31

domenica, così nel frattempo penso un po' a tutta la questione, e alle parole giuste da dirle. Il suo numero di telefono è sempre lo stesso? –

– Sì, certo, Sandrino... –

– Va bene, cara Marianna, ora invece memorizzo il tuo di numero, e vedrai che appena posso ti farò visita all'hotel Aurora... ciao, Marianna! –

– Ciao Sandrino, a presto! –

Appena terminata la telefonata, il mio pensiero torna subito a Manuela. Era da tanto che non mi chiamava, e sapere che conviveva con qualcuno che eccedeva con l'alcool mi dava proprio fastidio. Mi rendevo conto che le volevo ancora molto bene, e che quindi se qualcosa nella vita di Manuela andava storto, anch'io ne risentivo e ci stavo male. D'altro canto consideravo come poterla aiutare senza violare la sua intimità, e questo pensiero mi tormentava. Tant'è che anche il giorno seguente continuava a tornarmi spesso in mente la telefonata di Marianna: per fortuna una lezione di piano col maestro Renzo, ed una prestazione come autista nel pomeriggio, mi aiutarono a far correre via il tempo. Mi rendevo conto di voler rispettare il proposito di chiamare Manuela domenica, ma al tempo stesso non vedevo l'ora che arrivasse, domenica.

E quando finalmente arrivò, domenica, eravamo anche prossimi a Natale, e fuori pioveva. Mi alzai di buon mattino, feci barba e doccia, e poi mi preparai un caffè, mentre intanto andavo alla ricerca del telefono. Dopo poco al tavolo, sorseggiando il caffè, chiamai Manuela. La linea era libera.

– Ciao Sandrino, come stai? – mi dice all'improvviso la voce emozionata di lei.

– Bene... – le rispondo, turbato più di lei,

– e a te, come va? –

– Non c'è male... –

– E come mai non ti sento da tutto questo tempo? – Dall'altra parte, alcuni attimi di intenso silenzio: *– Vedi, Sandrino, io ora convivo con un uomo... –*

– Bene! – le rispondo io, *– non sei mica una bambina, e questo passo prima o poi dovevi farlo, ma potevi farmi sapere: o pensavi*

che mi sarei arrabbiato?–
– No, no Sandrino! Vedi, è stato a Vienna, che ho preso questa de-
cisione, per quando sarei rientrata in Francia. Il mio attuale com-
pagno è un amico che conoscevo dai tempi del liceo: ha sei anni
più di me, e a Vienna insegnava matematica all'università dove
studiavo anch'io. Lì ci siamo ritrovati, ed un paio di settimane
dopo che tu eri partito abbiamo iniziato ad uscire assieme. Alla
fine abbiamo deciso di convivere assieme, a Parigi, vicino casa
dei miei genitori...

Mentre Manuela parlava, notavo che il tono della sua voce era spento.
Non mi convinceva proprio, la sentivo giù di morale e provavo il desiderio di tirarla su, di incoraggiarla:

–Manuela, io per il momento non posso muovermi, dal momento
che la mia attività di volontariato mi porta via abbastanza tempo:
ma potresti venire tu qui qualche giorno in vacanza, con lui, così
me lo presenti, e ve la spassate un po'... a proposito, lui lavora?
E Tu? –
–Sì , lui insegna in un liceo, qui a Parigi, mentre io ho trovato un
lavoro a part-time, in un'agenzia di viaggi... –

Mentre Manuela parlava, non la riconoscevo proprio. Ricordavo la sua
voce squillante ed allegra, e non sommessa com'era adesso. Durante
tutta la telefonata non aveva mai riso, mai aveva nemmeno minimamente
accennato alla splendida estate che avevamo passato assieme. Alla fine
ci salutiamo mestamente ripromettendoci di sentirci più spesso. Ma non
appena chiuso il telefono, in me prevalse la convinzione che in quel pre-
ciso momento Manuela stava piangendo.
Ormai ero triste anch'io, e pensavo a come aiutarla: ma d'altronde, cosa
potevo fare? Si trattava della sua vita, ed io non potevo intromettermi
oltre. Da parte mia potevo solo accettare la situazione, rassegnarmi, sperando che tutto le andasse bene, senza interferire, e continuando a condurre la mia vita usuale.

A giorni sarebbe ormai giunto Natale, tutto procedeva senza grandi scos-
soni ed io proseguivo con piacere la mia attività di volontariato. Quel

giorno la mamma mi chiama, per sapere se a Natale sarei stato da loro. Mi informa che ci sarebbero stati tutti, i miei fratelli, e sperava che non mancassi: – *Ma scherzi!* – le rispondo io con convinzione, – *io, mancare? Mai e poi mai! Stai tranquilla mamma, ciao e a presto!* – Subito dopo, visto che ho ancora il telefono in mano, ne approfitto per sentire Marianna. Me la immagino a lavorare sodo all'hotel, dove certamente sotto le feste natalizie è in piena stagione sciistica il lavoro non le manca:

– *Si, pronto, ciao Marianna...* –

– *Oh Sandrino, ciao, come va!?* –

– *Ho chiamato per farti gli auguri di buon Natale e anno nuovo...* –

– *Grazie! Ed io contraccambio! Ma piuttosto perché non vieni qui, a passare qualche giorno di festa?* –

– *Vedi, Marianna, il Natale lo passo con i miei familiari... ma così su due piedi potrei dirti che invece non ho ancora nulla in programma per la notte di San Silvestro.* –

– *Sì, dai! Vieni! Qui preparano un bellissimo veglione notturno, vedrai, ti piacerà!* –

– *Andata!* – aggiungo io, – *allora riservami un posto, ed io sarò da te in tarda mattinata di fine anno!* –

– *Perfetto, così riusciamo anche a pranzare insieme! Senti, hai poi telefonato a Manuela?* –

– *Sì, e tutta la faccenda non mi piace affatto...! Non siamo entrati nei dettagli della sua vita, ma c'è qualcosa che non va: quando si parla al telefono, io queste cose le capisco già dal tono della voce. Ma è lei a dover decidere come procedere: se poi ha bisogno di aiuto, io sono sempre presente.* –

– *Sì, lo so che le vuoi bene... dopo le telefono per gli auguri, ma non le dirò che noi ci stiamo sentendo.* –

– *Sì, brava, fai così, io invece chiamerò i suoi genitori il giorno di Natale, per fare gli auguri, sperando che ci sia anche lei, più serena anche, visto il contesto. Ma tu invece domandale se ha ancora contatti con me e se ti risponde di sì, se ti dice che ci sentiamo, allora tu suggerisci a lei di chiamarmi, per qualsiasi problema...! Adesso devo salutarti, ci vediamo la mattina dell'ultimo ciao!* –

– *Ciao Sandrino, sono proprio contenta della tua visita, ti aspetto!* –

Terminata la telefonata, dò un'occhiata all'orologio e vedo che è ora di pranzo: ciò nonostante, non ho nessuna fame, perché il problema di Manuela mi ha tolto ogni appetito. Controvoglia mi preparo un toast e lo mangio, poi sento il richiamo del divano dove riposo per un paio d'ore. Quando mi alzo, decido di far visita al mio amico Raffaele. Passo in una bottega, dove prendo dei panettoni e delle bottiglie di spumante: un panettone con bottiglia per Raffaele, gli altri di scorta. Quando suono il campanello dell'abitazione del mio amico, mi viene ad aprire la moglie Anna:

– *Oh Sandrino! Ciao!–*
– *Ciao Anna! E il mio amico, dov'è? –*
– *Eccomi! –* sento esclamare Raffaele, senza riuscire a vederlo, – *vieni avanti, Sandrino! –*

Intanto la moglie discosta bene la porta d'ingresso, e mi fa accomodare. Raffaele è un po' defilato, in carrozzella, e a braccia aperte mi fa segno di avvicinarmi per stringerlo.

–*Buon Natale, amico mio... –* gli dico, mentre consegno alla moglie il mio pensiero per la famiglia.
– *Siamo noi che dobbiamo farti una statua –* dice Raffaele con voce commossa, – *e non tu portarci il panettone! –*
– *Smettila, Raffaele! –* continuo io, – *siamo come fratelli, e tra noi non servono statue o regali! Sono venuto a farti visita per farti gli auguri di buon Natale, e si sa che in queste occasioni non si va senza un panettone... quindi, non ti preoccupare di niente: hai il mio numero di telefono, e se ci sono problemi, tu chiamami, senza esitare, in qualsiasi momento! –*

Intanto Anna ha preparato il caffè, che beviamo assieme, chiacchierando. Mi dà un senso di serenità e contentezza constatare che le terapie che sta seguendo Raffaele procedono bene, e che lo stato di salute del mio amico sia in miglioramento. Dopo un po' guardo l'orologio, e mi rendo conto che devo andarmene per un altro impegno. Ci salutiamo abbracciandoci ancora forte, e rinnovando gli auguri. Quando arriva Natale, prendo un panettone, due bottiglie di spumante ed in tarda mattinata vado dai miei genitori, fermandomi per strada per comprare un bel mazzo di fiori. Appena arrivo, trovo un'atmosfera di allegra confusione. I nipoti, che era da tanto che non vedevo, mi saltano addosso, per farmi gli auguri. Poi vado in cerca della mamma, che, come al solito, trovo in cucina con mio padre. Le dò i fiori, mentre le faccio gli auguri e la riempio di baci. Poi passo a papà che abbraccio, per consegnarli panettone e bottiglie. Come al solito, è di buon umore:

– *Come va col piano?* – mi domanda con aria sorniona
– *Penso che prenderò lezioni per altri due o tre mesi, e poi basta, perché il volontariato mi porta via molto tempo.* –

Intanto, il clima gioioso della casa mi porta a chiacchierare e fare auguri a fratelli e cognate. Dopo non molto arriva il richiamo della mia mamma, che ci vuole tutti a tavola, dove prendiamo posto per gustare le sue specialità che ha preparato. Il clima piacevole, le chiacchiere ed il buon cibo ci tengono a tavola fino a pomeriggio inoltrato. Per riprendermi mi siedo sul divano, dove la mamma mi porta un caffè.

– *Cosa fai a San Silvestro?* – prosegue mia madre.
– *Beh, ho degli amici che festeggiano a Cortina, e mi hanno invitato a passare l'ultimo con loro; e trovandomi lì, penso che mi fermerò qualche giorno...* –
– *Bel programma!* – mi dice mio padre ridendo, – *non perdi mai un'occasione, tu!* –
– *Papà, io non ho legami, non ho moglie e quindi nemmeno figli: cerco solo di divertirmi.* –
– *Bravo!* – continua lui, – *e intanto gli anni passano e dopo diventa troppo tardi, e non puoi fare più niente!* –

Notando che la conversazione tocca ormai il solito tasto, penso bene di uscire in balcone, a prendere una boccata d'aria fresca. Faceva freddo, la neve cadeva abbondante, ma a proteggermi c'era una piccola tettoia. Guardavo gli infiniti fiocchi cadere silenziosi nell'atmosfera ovattata, e ciò mi riportava alla mente Marianna, Cortina, e quanto alta doveva essere la neve lì... poi all'improvviso mi ricordo di non aver fatto gli auguri agli amici francesi, ed a Manuela. Prendo allora il telefono, e compongo il loro numero. Mi risponde il padre di Manuela, che mi riconosce subito ma, non parlando italiano, mi passa la moglie Ewa:

– *Ciao Sandrino, come stai?* –
– *Ciao cara Ewa. Ho chiamato per fare gli auguri a tutti voi... tutto bene? Salute, figli...?* –
– *Bene, grazie, stiamo tutti bene. Sai, siamo qui riuniti tutti assieme e c'è una bella confusione... a proposito di figli, qui c'è anche Manuela.* –
– *Ah, sì, bene, passamela che la saluto, allora...* –
Una flebile voce ha preso ora il posto a quella di Ewa. È Manuela.
– *Ciao Sandrino, auguri...* –
– *Ciao piccola rondine, come stai?* –
– *Così così...* –
– *Guarda che già da queste poche parole sento che non sei la Manuela che ho conosciuto io.* – Dall'altra parte del telefono, non una parola. Intanto silenziose lacrime iniziavano a segnarmi il volto. Quel silenzio di Manuela dovevo colmarlo io. – *Senti!* – continuo io, per animare la conversazione, – *quando pensi di fare un giro a Venezia?* –
– *Non lo so, per adesso non ho nessun programma; certamente Venezia mi manca: forse per Carnevale, vediamo...* –

Ora parlava con un tono più sciolto, anche se si sforzava non poco per farlo. Io da parte mia non volevo smettere di sentirla e continuavo a parlare di tutto ciò che mi veniva in mente. Alla fine le chiedo del lavoro.

– *Beh, non sono certo soddisfatta: pagano poco e non ho un contratto fisso. E tu, invece, come te la passi?* –
– *Io continuo il mio volontariato, e poi proseguo lo studio del piano, anche se penso che lo protrarrò fino a Carnevale, ma dopo basta: il tempo mi scarseggia per tante altre cose che vorrei fare...* –
Manuela approfitta della pausa che ho fatto per prendere la parola:
– *Bene, allora ci sentiamo dopo l'anno nuovo e ci facciamo gli auguri anche per quello...* –
– *Sì mia cara Manuela, tanti auguri e spero di vederti a Carnevale!* –

–Sì, ci metteremo d'accordo... ciao, Sandrino! –

– Ciao, piccola rondine! – Terminata la telefonata, prendo subito un fazzoletto per asciugarmi gli occhi. Faccio giusto in tempo a chiudere la porta finestra dietro di me, che già sento mia madre apostrofarmi:

– Ma dov'eri finito? Pensavo te ne fossi andato via! –

– Mamma! E tu pensi che me ne andavo via così, senza salutare? Sono solo uscito in balcone per vedere la neve e respirare un po' d'aria fresca... –

– Ho capito, ho capito, scusami! –

– Ma di niente, mamma... –

Siedo ancora sul divano per un'altra mezz'ora, poi saluto tutti e vado a casa. Il giorno seguente è ancora festa, ma per me è una giornata decisamente indolente. Faccio giusto colazione e guardo la televisione, mentre il tempo scivola pigramente via. Quando arriva il momento di dormire non riesco a prendere sonno, perché il pensiero torna sempre con ostinazione a Manuela, la mia piccola rondine. Fortunatamente i giorni seguenti passano più velocemente.

L'indomani mattina, infatti, mi chiama la segretaria dell'associazione per chiedermi la disponibilità per diversi servizi: ed in questi mi impegno a fondo, fino alla serata del 30, quando rientro stanco ma soddisfatto per come ho speso il mio tempo. Non ho fame, così mangio solo un toast ed un po' di frutta.

Mi faccio una doccia, per rilassarmi e ripulirmi bene, in vista della partenza, l'indomani mattina. Voglio partire presto, in quanto temo di trovar neve per strada e dover quindi guidare piano. Poi preparo una piccola valigia, con l'occorrente per pochi giorni, e subito a letto. L'indomani mi alzo di prima mattina, alle sette. Fuori dalla finestra il cielo è nuvoloso, e il sole non si vede proprio. Prendo il mio solito caffè, forte e lungo e poi subito in bagno a farmi la barba per prepararmi, dal momento che volevo uscire il prima possibile. Alle otto e mezza sto già imboccando il casello autostradale per Belluno: la strada è pulita, senza neve, ma quando arrivo all'uscita per Cortina, già la vedevo ammassata ai lati della strada, accumulata lì dagli spazzaneve. Prendo la strada provinciale e ad andatura ridotta arrivo a Cortina alle dieci e mezza. Cerco l'hotel e dopo dieci minuti già sono all'interno, nella hall.

Qui trovo ad aspettarmi Marianna, in piedi, dietro il bancone della reception. Quando mi vede, viene subito fuori per abbracciarmi. È ancora più carina di come la ricordassi. Lei invece, mi dice con allegria che mi trova sempre atletico, come a Vienna. Dopo questi pochi convenevoli mi registra e mi accompagna alla camera che ha prenotato a mio nome, prima di tornare al suo posto. Mi dice che all'una termina il suo turno e mi chiede se pranziamo assieme. Io accetto con piacere e nel frattempo prendo possesso della mia camera dove svuoto la valigia mettendo nell'armadio i vestiti e altro abbigliamento. Dopodiché scendo giù, la saluto e vado a fare un giro. E poco dopo l'una eccoci, Marianna ed io, seduti al ristorante in attesa dell'ordinazione. Si chiacchiera su un po' di tutto:

– *Com'è la vita a Venezia?* – mi domanda senza affettazione ad un certo punto Marianna, – *c'è sempre turismo in abbondanza?* –
– *Certamente sì,* – le rispondo io, –*...sai, la città è troppo bella, bisogna vederla a tutti i costi, anche se è un po' cara! Io abito a tre chilometri da Mestre e a Venezia in realtà ci vado poco: pensa, ci ho lavorato per più di vent'anni e ci vado solo per illustrare agli amici in visita i luoghi più notevoli della città, così come qualche angolo un po' più nascosto, che però io trovo incantevole...* –
– *Ah ah...allora fai da cicerone!* –
– *Un poco... e tu, ci sei mai stata?* –
– *Sì! Ma tanti anni fa'!* –
– *Allora prima o poi devi passare: ti ospito io.* –
– *Guarda che ti prendo in parola!* –
– *Mia cara amica, ricordati che quando Sandrino promette è già come se fosse fatto: mantengo sempre le promesse!* –
– *Lo so, Sandrino, come sei fatto, ne parlavamo sempre con Manuela: mi diceva che tu i sogni li fai diventare realtà, che sei magico.* –
– *Ah ah... diceva proprio così?* –
– *Sì!* –
– *Senti, Marianna, hai poi chiamato Manuela per Natale?* –
– *Beh, se proprio vuoi saperlo ci siamo sentite anche ieri. Mi ha detto che il Natale lo ha passato con i suoi, che non è più insieme a quel suo amico ed anzi è tornata a vivere con i suoi.* –

39

– *Ah! Ho telefonato a Natale ai suoi, ho fatto loro gli auguri e visto che lei era lì ci siamo salutati, ma non mi ha detto niente riguardo al suo amico.* –
– *Forse non voleva farti preoccupare ulteriormente per la sua situazione...* –
– *Sì, è possibile che sia così, Marianna.* –

Nel frattempo il cameriere ci ha portato a tavola il nostro pranzo e da quant'è gustoso parliamo un po' di meno. Erano tutte specialità locali consigliate da Marianna. Dopo il caffè, prendiamo posto in un divano vicino al bar: la grande vetrata lasciava vedere allegri gruppi di sciatori che risalivano la montagna in seggiovia. Intanto si parlava dell'imminente serata. Marianna mi spiegava che avremmo celebrato l'evento nella sala in cui avevamo appena pranzato, aggiungendo che io non dovevo preoccuparmi di nulla, in quanto lei sarebbe stata sempre presente.

– *Senti, Marianna...* – mi viene ad un certo punto da chiederle, con spontaneità, – *non ti ho ancora domandato se sei fidanzata... hai qualcuno, insomma, con cui ami condividere il tuo tempo?* –
– *No!* –replica lei con convinzione, –*sono single e così voglio restare: non mi manca niente, sono autonoma, e quando voglio mi diverto lo stesso!* –
– *Ah! Non vorrai mica fare la mia stessa fine, da lupo solitario!* –
– *Perché, tu ti trovi male, da lupo solitario?* –
– *Vedi, cara amica, è bello tornare a casa, e trovare qualcuno che ti aspetta! Sì, qualche volta mi sento troppo solo... in ogni situazione ci sono i lati buoni ma anche quelli negativi: e tutto sommato in due si può stare bene.*–
– *Ok, Sandrino, per ora è meglio lasciare perdere questi discorsi... forse è meglio che andiamo a fare una passeggiata per le strade del centro. Ma copriti, che qui non siamo a Venezia!* –
– *Me ne sono accorto non appena sceso di macchina!* –
– *Ah ah ah!* –

Usciamo dall'hotel allegri e camminiamo fiancheggiando le colorate vetrine della città, fermandoci di tanto in tanto, per rientrare all'hotel a pomeriggio inoltrato. Vista la notte che ci attende, comunico a Marianna che mi ritiro nella mia stanza, per riposare qualche ora. Riesco in effetti a dormire un paio d'ore, e quando mi alzo vado a fare una doccia per poi iniziare a preparami.

Dall'armadio tiro fuori l'abito che ho portato per l'occasione, un bel vestito gessato blu, con una camicia bianca ed una cravatta. All'orario concordato, puntuale, scendo alla hall dell'albergo, dove trovo già ad aspettarmi Marianna. Ci facciamo a vicenda i complimenti per l'eleganza dei nostri abiti. Decidiamo di prendere un caffè. Mi porta però un attimo a vedere il salone: mi indica i posti dove avremmo dovuto sedere più tardi, ed aggiunge che saremmo stati insieme ad una coppia di amici, che mi avrebbe presentato al tavolo.

Poi raggiungiamo il bar, dove Marianna mi fa cenno di accomodarmi ad un tavolo, con l'intenzione di portarmi lei il caffè. Diverse persone intanto iniziano ad affluire al salone, mentre Marianna guardava con attenzione in ogni direzione, come a controllare che tutto procedesse bene, senza intoppi.

Poi mi invita a prendere posto al nostro tavolo, dove mi presenta la coppia di amici suoi: sono sposati ma senza figli, lui si chiama Piero Urbani, lei Elisabetta Fusaro. Fatte le dovute presentazioni, ci sediamo ed iniziamo i festeggiamenti con un aperitivo, e con un primo augurio di buon anno nuovo.

Poco dopo le nove i camerieri iniziano a portare il cenone: si inizia con gli antipasti, per poi passare ad una profusione di portate, intervallate una all'altra da una quindicina di minuti, in modo tale da permettere a chi ne aveva voglia di ballare. Concludiamo la nostra cena luculliana verso le dieci e mezza, con il famoso sgroppino. Poi, tutti in pista a ballare a volontà! La baldoria e l'ilarità che regnano nel salone sono coinvolgenti:

– *Vuoi ballare?* – chiedo, rivolgendomi a Marianna.
– *Con piacere!* – mi risponde lei.
– *Figurati, credevo che fossi tu a non averne alcuna voglia!* –
– *Scherzi?* – replico io con finto stupore, – *...e allora che sarei venuto a fare qui?* –

Marianna ride alla mia battuta, con un sorriso mi porge il braccio e come due farfalle ci involiamo sulla pista dove volteggiamo per un tempo indefinito. Poco prima di mezzanotte lo speaker dell'orchestra annuncia che mancano dieci minuti all'anno nuovo: i camerieri cominciano a portare celermente vassoi colmi di bottiglie e flûte. Per prepararci al brindisi, propongo a Marianna di raggiungere il nostro tavolo, dove già accomodata troviamo l'altra coppia. Preparo subito la bottiglia, in modo tale da poterla stappare allo zero; non dopo molto, infatti, inizia il conto alla rovescia, e ci alziamo tutti in piedi a scandire in coro gli ultimi secondi dell'anno: allo zero i tappi di tutti gli spumanti all'unisono saltano in aria, e con gioia ci scambiamo gli auguri per il nuovo anno! Riempio poi i bicchieri dei miei commensali, mentre noto che la coppia che è con noi è rapita in un bacio appassionato. Marianna mi guarda senza dire nulla. Mi avvicino a lei per abbracciarla e darle un bacio di augurio: ma è lei, forse in attesa di questo momento, a spingermi di più verso di sé. Poco dopo, in pista, mentre balliamo mi stringe con ancor più forza, per poi darmi all'improvviso un secondo bacio, più sensuale, che, come uomo, non potevo esimermi dal corrispondere. Continuiamo a ballare per un bel po' e tra un pezzo e l'altro ci sediamo a bere qualche bicchiere di spumante che però io non ero proprio abituato a bere...: verso le due e mezza del mattino sono costretto a comunicare a Marianna che devo andarmene in camera, da quanto mi gira la testa. Lei con autorevolezza mi suggerisce di rinfrescarmi il viso con dell'acqua assicurandomi che così sarei stato meglio. Poi insiste per accompagnarmi in camera.

– *Scusami, ma non sono abituato a bere...* – le dico un po' stordito.
– *Non preoccuparti, adesso ti sciacqui la faccia con acqua fresca e vedrai che starai subito meglio!* –

Entriamo in camera e col suo aiuto mi tolgo giacca e cravatta; poi mi accompagna in bagno: una, due lavate di viso con acqua fredda e già mi riprendo discretamente. Con rinnovata presenza di spirito ritrovo anche la parola:

– *Ti ubriachi spesso?* – le chiedo io.
– *No!* – mi risponde ridendo, – *sai, col mestiere che faccio sono pratica di queste faccende: ne vedo tante di persone che bevono! Tu non hai bevuto molto, è solo che non sei abituato e quindi anche tre bicchieri di spumante ti fanno quest'effetto!* –

42

– Sì, deve essere così – convengo con lei mentre usciamo dal bagno, quando intanto appoggio male un piede e, scivolando, sto per cadere.

Lei, probabilmente pensando che fossi ancora sotto effetto dell'alcol, con prontezza mi sorregge, stringendomi a sé. Ci troviamo così di colpo viso a viso e dalla posizione ravvicinata assunta per non cadere ci guardiamo fisso negli occhi, e ci troviamo subito dopo avvinti in un lungo bacio appassionato, per poi finire subito dopo a letto a fare l'amore, come due amanti di vecchia data. Quando mi sveglio guardo l'orologio sono le undici, e la mattina del nuovo anno ci trova ancora distesi e avvinti nel letto. Guardo verso di lei, che ancora dorme e avendo voglia di un buon caffè chiamo in reception per averne in camera un paio. Vado in bagno e quando esco Marianna sta ancora dormendo. Per fare luce apro un poco la finestra, mentre intanto bussano alla porta. Mentre vado a prendere il caffè, mi accorgo che si è svegliata, forse a causa dei battiti alla porta.

– Bevi un caffè con me? – le domando con voce tenue.
– Certamente sì, è bello bere il caffè a letto, appena svegliati! –

Mi avvicino al letto, sedendomi al suo fianco. Lei intanto si tira un po' su quasi a sedersi sul letto, e nel fare ciò scopre il suo seno meraviglioso. Poi, finito di bere il suo caffè, mette la sua tazzina sul comodino, prende la mia, fa altrettanto, ed infine si gira verso di me per abbracciarmi e baciarmi:

–Questo è un bacio al gusto del caffè! – mi dice, prima di finire un'altra volta per fare l'amore, ma questa volta con più presenza di spirito rispetto alla notte appena trascorsa. Dopo circa un'ora e mezza ci stiamo facendo la doccia assieme per poi vestirci ed andare a pranzo. All'una stiamo mangiando qualcosa, ma senza molto appetito, e dopo aver preso il caffè usciamo a passeggiare per le strade di Cortina.

I giorni successivi passano seguendo uno stesso ritmo: di giorno Marianna lavora, e la sera la passiamo insieme, facendo più volte l'amore. Quando viene il momento di salutarci, la mattina del quattro gennaio

Marianna mi ringrazia delle belle giornate trascorse insieme. Le esprimo anch'io la mia gratitudine, augurandole ancora buon anno e proponendole di essere mia ospite, qualora avesse avuto voglia di fare un giro a Venezia. Alla fine ci salutiamo con un bacio da amici e l'intenzione di rimanere in contatto.

Quando rientro a casa, è l'una, giusto il tempo di lasciare giù la valigia e poi vado subito a trovare i miei genitori. La mamma, come al solito mi esprime la sua benevolenza chiedendomi se ho fame. Eppure, forse per la stanchezza del viaggio, non ho alcun appetito. Facciamo due chiacchiere tra di noi e poi mi congedo baciando entrambi. Penso al frigo a casa, vuoto, così vado in centro e dopo aver parcheggiato faccio un po' di spesa al supermarket. Girando per gli scaffali prendo un po' di tutto e nel frattempo incrociavo anche degli amici che, come me, facevano la spesa: un saluto, due chiacchiere, e andavo avanti finché, riempito il carrello, vado alla cassa, pago ed esco. Ormai sono le sei e mezza del pomeriggio, sta iniziando a piovere e il mio dubbio è se andare a mangiare qualcosa fuori o portare la spesa a casa. Alla fine mi risolvo per una pizza, in modo tale che a casa non avrei dovuto sporcare niente e così, sistemata la spesa, potermene andare tranquillamente a letto.

I giorni intanto continuavano a passare nella loro tranquilla normalità, senza grandi scosse: continuavo sempre il mio volontariato, ed ogni tanto andavo a trovare il mio amico Raffaele. Il decorso della sua malattia era stabile, come bloccato: Raffaele non peggiorava, ed io ero contento perché pensavo che certe volte dove non arrivano le medicine, arriva l'amore delle persone.

Quando giunge la fine di gennaio il carnevale è ormai prossimo, ma Manuela non si è ancora fatta viva. È da quando ci siamo fatti gli auguri, a Natale, che non ci sentiamo, e mi riprometto quindi di richiamarla domenica. Venerdì prendo un'altra lezione di piano, e ne approfitto così per comunicare al maestro Renzo la mia intenzione di prendere lezioni fino a carnevale, e poi basta, in quanto ho raggiunto un po' di autonomia, ma soprattutto perché facevo fatica a trovare il tempo per continuare. Il maestro dal canto suo mi rassicura, dicendomi che come amatore ero abbastanza bravo. Domenica mattina, dopo aver bevuto il mio consueto caffè, alle nove decido di chiamare Manuela. Poco dopo aver composto il numero mi risponde una flebile voce:

– *Ciao Sandrino...*
– *Ciao Manuela, come stai?* –
– *Bene, grazie, ... e tu?*–
– *Non c'è male...* –. Parliamo per un bel pezzo un po' di tutto: dei genitori, del tempo, del suo lavoro, e di come, insomma, andava in generale. Alla fine le domando anche di come va tra lei e il suo amico: – *Non siamo insieme da prima di Natale...* – mi risponde sempre in tono dimesso.
– *Ah! E perché non mi hai detto a Natale tutto ciò?* –
replico io con controllato stupore.
– *Non volevo che ti preoccupassi per me!* –
– *Oh no, no Manuela! Allora avresti potuto venire a Venezia! E ne sarei stato molto felice! Va bene, il passato è passato, ma adesso che stai con i genitori e che sei libera, vorreste tutti voi, o almeno tu, venire qui da me a passare una bella settimana festeggiando il carnevale?* –
– *L'idea è bella, Sandrino! Ne parlo con la mamma e dopo ci risentiamo!* –
– *Ascolta, Manuela... se ci sono problemi di soldi tu per favore me lo dici: io ho sempre il tuo numero di conto e posso mandarteli, in due giorni sono lì... ma tu, come sempre, non dire niente a nessuno, questo è un segreto tra noi! Ricordi? Ti prego, non dire di no, io voglio che tu venga, mi raccomando, anche con i genitori! Voglio bene anche a loro, cosa credi!* –
– *Sandrino sei sempre uguale, una persona meravigliosa!* – mi risponde, mentre ha già iniziato a ridere.
– *Basta, stop Manuela! Sai che mi commuovo e mi fai piangere!* –
– *Ah ah!! Sei sempre così sensibile, Sandrino!* –
– *Sì Manuela, io non cambio mai, e quando dico di volere bene è vero, non posso mentire: chi entra nel mio cuore non ne uscirà più.* –
– *Sì, lo so come sei fatto, ed è per questo che sono felice di essere tua amica... ok, va bene, allora parlo con i miei genitori e domani ti telefono!* –
– *Bene, brava, super!* –

Terminiamo la telefonata con lei ridente ed allegra: ed era tanto che non la sentivo così!

Ci salutiamo mandandoci per gioco dei baci telefonici. Appena terminata la chiamata, già mi sentivo meglio, perché avevo capito che Manuela era più serena. Evidentemente, aver lasciato l'uomo con cui stava le era servito per stare meglio. Il giorno dopo aspetto la sua telefonata, che arriva alle undici e mezza.

– *Pronto, ciao Manuela.* –
– *Ciao Sandrino, ho parlato con i miei e va bene, noi veniamo a carnevale, però ho detto alla mamma che offrivo tutto io, ed ora tu mi devi aiutare, come avevi detto...* –
– *Bene! Sei tornata ad essere la Manuela che conoscevo, oggi pomeriggio vado in banca e ti verso duemila euro: basteranno?* –
– *No, Sandrino no! Sono troppi!* –
– *Bene, allora vuol dire che quando sarai qui mi ritornerai indietro quelli in più!* –
– *Ah ah sei sempre il solito – bandito diplomatico – ! Ti voglio tanto bene ancora, credimi!* –
– *Non ho mai dubitato che mi volessi bene, né prima né ora! Allora, ricordati che il carnevale inizia il ventidue febbraio ed hai tutto il tempo per i preparativi necessari.* –

Terminiamo la telefonata con lei ridente ed allegra: ed era ormai molto tempo che non la sentivo così spensierata! Quando arriva il giorno 19 di febbraio, come da programma, Manuela mi chiama per dirmi che sarebbero partiti l'indomani alle nove per giungere a destinazione all'aeroporto Marco Polo di Venezia alle undici e venti. L'indomani alle undici sono già in aeroporto con il cuore che batte all'impazzata, dal momento che era da molto tempo che non la vedevo; alle undici e trenta la vedo uscire assieme ai genitori con le valigie nel carrello: appena mi vede, molla tutto e mi corre incontro, mi abbraccia e mi bacia sulle guance – non si poteva fare di più con i genitori presenti – tuttavia, né io, né lei, riusciamo a trattenere le lacrime; anche i genitori si commuovono sorpresi nel vedere la calda accoglienza riservata alla loro figlia.

Ci sciogliamo tutti in un abbraccio. Una volta che ho sistemato i bagagli in auto, ci dirigiamo verso casa, dove le loro camere sono già pronte: i genitori dormiranno nella mia camera matrimoniale, Manuela nella camera accanto a quella che occuperò io. Quando i miei ospiti si sono messi comodi è già ora di pranzo; annuncio loro che non ho preparato nulla perché ho intenzione di portarli in un posto di mia conoscenza. Con la macchina ci avviamo verso il viale e dallo specchietto retrovisore scorgo Manuela piangere: aveva capito che stavamo andando a mangiare gli spaghetti allo scoglio!

Una volta arrivati a destinazione, decidiamo di non mangiare all'aperto perché il tempo non era bello anche se si stava bene; ci accomodiamo in un angolo tranquillo ed intimo all'interno del locale e a quel punto ordiniamo tutti quanti spaghetti allo scoglio e pesce alla griglia: i genitori non conoscevano queste specialità.

Quando arriva il cameriere, ci porta dell'acqua e del prosecco che io ben sapevo che Manuela adorava. Infatti, lei continuava a guardarmi in segno d'intesa, ma io evitavo di incrociare il suo sguardo per non metterla in imbarazzo. Quando poi arrivano i famosi spaghetti allo scoglio divorandoli con gusto, i genitori mi fanno i complimenti per la scelta fatta. Manuela, intanto, è silenziosa, ma ha mangiato di gusto e ogni tanto, senza che lei si accorga che la sto osservando, la vedo sorridere: guardandola sono sicuro che sta ricordando la fuga da Vienna a Venezia dove eravamo volati per mangiare gli spaghetti allo scoglio...

Concludiamo il pranzo con un buon sgroppino e poi ci alziamo per andare a fare una passeggiata fino al centro di Mestre, dove ci sediamo nella sua bella piazza, sotto ai portici, per prendere un altro caffè. Verso sera, infine, andiamo a casa per metterci comodi e fare una doccia. Nel frattempo preparo una cena leggera, come mi è stato suggerito dai miei ospiti che non hanno molto appetito.

Terminata la cena, ci gustiamo un martini fresco seduti sul divano e parliamo del programma dell'indomani in attesa che arrivi il giorno ufficiale di apertura del carnevale. Intanto si fa tardi, quindi dico loro che se desiderano andare a letto non ci sono problemi: possono alzarsi quando vogliono, la cucina è a loro disposizione, e possono prendere tutto quello che vogliono, esattamente come se fossero a casa loro. Mi ringraziano, ed io mi alzo e auguro una buona notte a tutti ritirandomi nella mia camera, mentre loro rimangono ancora alzati a parlare. Entrato in cameretta, mi chiudo la porta alle spalle, mi metto in pigiama e scelgo un libro romantico: *Il Sognatore*. Disteso comodamente a letto, ho letto quasi un quarto del libro nel tentativo di prendere sonno quando, senza che si senta alcun battito, vedo la porta aprirsi e Manuela che mi si butta addosso baciandomi: io, a dire il vero, un po' ci contavo, ma ora Manuela non si stacca più, mentre io vorrei parlare, ma non ci riesco; le parole erano infatti impedite dalle lacrime che mi scendevano dagli occhi, che tenevo chiusi per non rompere l'incanto del sogno che stavo vivendo.

Quando li riapro, vedo che anche Manuela sta piangendo: sì, le nostre sono lacrime di gioia. In silenzio ci teniamo stretti come ad impedire che l'uno lasci l'altro, poi, quasi all'unisono, ci rendiamo conto che i nostri pigiami ostacolano un piacere maggiore e in un attimo torniamo alla passione della passata estate. Facciamo l'amore per tutta la notte e, come al solito, durante il suo ultimo orgasmo la mia schiena paga il tributo alle sue unghie: ma, esausto, ne sono più che felice. Sfiniti come siamo, entrambi, non ce la facciamo ad alzarci, ed è così abbracciati che la luce del nuovo giorno ci sorprende. Mi sveglio e vedo che sono le nove. Oh, mamma mia, ci sono i genitori al piano di sotto! Sveglio Manuela perché si alzi, lei mi guarda e dice:

    – Sandrino! Non era un sogno, vero?– Io la guardo e sorrido*:*
    – No, non era un sogno; il sogno lo abbiamo vissuto! Mi butta le braccia al collo, io cado su di lei che era ancora seduta a letto e comincia a baciarmi come solo lei sapeva fare. Oh, come amavo i suoi baci! Ma torno alla realtà e cerco di fermarla ricordandole che al piano di sotto ci sono i suoi genitori e non voglio che ci vedano in queste condizioni. Concludo dicendole: *– Loro hanno molta stima di me e non voglio perderla.–*
    – Sandrino, sono maggiorenne e, finalmente dopo tanto tempo, sono felice! – Si ferma e improvvisamente mi dice:
    – Voglio fare ancora l'amore con te!

Intanto allunga le mani per eccitarmi – mossa del tutto superflua dal momento che mi aveva già scaldato coi suoi baci – Terminato il nostro atto d'amore, scendo in cucina per farmi un caffè, vedo i genitori, ci salutiamo e domando loro se hanno già fatto colazione, intanto preparo il caffè anche per Manuela che sarebbe scesa di lì a poco. Non ho fatto in

tempo a finire di formulare il pensiero, che la sento dire alle mie spalle:
– *Buongiorno a tutti! Sandrino, fai un caffè anche per me?* – e corre in
bagno. Io guardo i suoi genitori per capire se sono turbati da quel modo
di fare. La mamma si mette a parlare in francese col marito, poi si rivolge
a me e mi dice:

> – *Scusa per il comportamento di Manuela, non so cosa dirti! Ma
> la vedo molto felice, come l'estate scorsa, non so cosa sia suc-
> cesso.* –
> – *Forse sarà l'aria di Venezia...!* – le replico io, – *comunque non
> è un problema. A me piace la gente felice. Vedo che ha dormito
> molto. Anch'io sono uno che dorme tanto. Tra l'altro mi piace
> sempre leggere un libro prima di addormentarmi.* –

In quel momento arriva Manuela a prendere il caffè, con il viso allegro
e rilassato, dà un bacio ai genitori che la guardano sorpresi e felici anche
loro. Bevuto il caffè ci prepariamo per andare a Venezia: e una volta lì,
passeggiamo per le Mercerie davanti a Piazza S. Marco. All'ora di
pranzo ci sediamo dal mio solito amico per mangiare pesce, apportando
qualche variazione al menù, in modo da far assaggiare ai miei amici
francesi altre specialità locali. Come immaginavo erano entusiasti della
cucina veneziana! Dopo il caffè, chiedo il conto e porto i miei ospiti a
vedere il ponte di Rialto per poi proseguire a piedi verso piazzale Roma
a prendere l'autobus per tornare a casa; si vedeva che erano un po' stanchi, non erano abituati a camminare tanto, ma Venezia è d'obbligo visi-
tarla a piedi, perché così la città offre agli sguardi ammirati dei visitatori
un'infinità di scorci incantevoli e romantici. Giunti a casa, mentre tutti
si fanno la doccia, preparo la solita cena leggera: dopo che gli altri hanno
finito di lavarsi, chiedo a Manuela di proseguire lei al posto mio nei preparativi, mentre sono io ad andare a lavarmi.

Quando ho finito, mi siedo a tavola con Manuela che ci serve la cena.
Parliamo dell'indomani, giorno di apertura del carnevale; consiglio ai
miei amici di indossare delle scarpe basse, e di portarci delle bevande
nello zaino con qualcosa da mangiare al sacco, da preparare al mattino
successivo, in modo tale da poter evitare code e disagi e poterci così
muovere in piena autonomia. Viene l'ora di andare a letto, dò allora la
buonanotte e salgo nella mia cameretta. Verso le nove e mezza sento

bussare: è Manuela. – *Stai dormendo? – No, no! Sto leggendo Il sogna-tore. – Ah, il libro di ieri? – Sì! Dai, vieni avanti! – Posso mettermi ac-canto a te? – Certamente!* – replico io, mentre intanto le passo il braccio attorno al collo e ci ritroviamo così in due a leggere il libro; ma, come avevo immaginato, non passano quindici minuti che iniziamo a baciarci.

Messo da parte il libro, i baci diventano presto gemiti e poco dopo era-vamo lì a far l'amore, raggiungendo infine l'orgasmo assieme: sì, potevo dire che Manuela era tornata ad essere quella dell'estate precedente! In-tanto continuava a tenermi stretto, non mi consentiva di muovermi, e da quella posizione mi faceva parlare un po' di tutto

– *Studi ancora il piano? –*
– *No! L'ultima lezione l'ho fatta prima che arrivaste voi, poi ho detto al maestro che bastava così; non ho molto tempo e il volon-tariato mi basta, ma cercherò di ridurre il mio impegno anche in questo campo. Pensa che adesso ci sono altri quattro autisti volontari portati da me, mentre prima non ce n'era nessuno.*
All'associazione sono tutti contenti del mio operato, e la segretaria continua a ripetermi che gli utenti vogliono tutti me: ma io non posso accontentarli tutti, devo far lavorare anche gli altri autisti! –
– *Capisco Sandrino, tutti vogliono te perché sentono che ciò che fai lo fai col cuore, e per di più li rendi allegri con le tue battute! Sei unico in tutto! Sono contenta di avere un amico come te: mi rendi la vita più semplice, anche quando io stessa me la complico. Aiuti tutti senza mai chiedere niente! –*
– *Vedi, mia cara Manuela, prima di quest'estate riempivo il vuoto della mia esistenza con esperienze che non avevano senso: mi la-sciavano sempre peggio di come le avevo iniziate. Il tuo arrivo mi ha dato una sferzata d'energia, imprimendo una nuova direzione alla mia vita.*
E ricordati che sei stata tu a dare il via a questo nuovo corso, quando, in gondola, l'altra estate, hai rotto il ghiaccio bacian-domi, e dando così inizio alla nostra breve relazione da sogno: ma, soprattutto, donandomi un'immensa felicità! –
– *Calma, Sandrino! Sei tu che hai reso indimenticabile il nostro incontro! –*

– Va bene, d'accordo, Manuela, ma se tu non avessi dato inizio al tutto con quel bacio in gondola, io da parte mia non avrei preso alcuna iniziativa: mi vergognavo infatti a dirti che desideravo fare l'amore con te, vista la differenza d'età che ci separa... –

– Sandrino, non hai ancora capito che se si vuol bene a qualcuno, l'età non conta! Se due persone si vogliono bene, come dicono e dimostrano con i fatti, viene tutto da sé, senza forzature: anche fare l'amore! Non occorre per questo sposarsi; dicono che l'amore è cieco, ma l'amicizia invece non lo è: ed è questa che porta le persone al massimo della felicità, indirizzandole all'amore! –

– Come parli bene, Manuela! Vedo che le esperienze attraverso cui sei passata ti hanno proprio fatto maturare! Certo che se queste esperienze sono negative e dolorose, forse sarebbe bene non passarci, ma al tempo stesso fanno parte della vita ed hanno sempre qualcosa da insegnarci! –

Eravamo ormai oltre mezzanotte, ed abbracciati ci diamo un ultimo lungo bacio, per poi addormentarci insieme. Al mattino successivo, più o meno all'ora concordata la sera prima, ci troviamo tutti in cucina e dopo colazione prepariamo gli zaini per la nostra giornata campale a Venezia! Raggiungiamo la fermata dell'autobus, dove già facevano capolino le prime maschere. La giornata, fortunatamente, non è né fredda né piovosa, presentandosi così perfetta per il tipo di evento a cui stiamo per partecipare. Quando poi raggiungiamo Piazza San Marco, i miei amici sono entusiasti per lo spettacolo che ci circonda: il turbinio di maschere, dalle mille fogge, fattezze e colori è incantevole ed inebriante nel nostro lieto girovagare poco dopo l'una intravediamo un luogo appartato ideale per il nostro pranzo al sacco. Ne approfittiamo quindi per svuotare i nostri zaini e fare una sosta per ristorarci. Poi proseguiamo guardando le vetrine della piazza, dove i miei amici comprano dei souvenir e dei piccoli presenti per gli amici in Francia. Quando già in serata, rientriamo a casa, siamo tutti stanchi morti, e tra i miei amici si fanno giocose corse per far la doccia per primi. Io intanto svuoto gli zaini di quel poco che era avanzato, e dal momento che a pranzo abbiamo mangiato panini inizio a preparare una cena un po' più sostanziosa: una bella carbonara con cotolette alla milanese! Quando ho quasi preparato tutto, i miei amici vengono in cucina e chiedo quindi a Manuela di avvicendarsi con me, e di preparare lei l'insalata, mentre io intanto facevo la doccia, e subito dopo poter essere tutti a tavola insieme. Nei loro volti leggevo la stanchezza, ma al contempo erano felici. Quando poi mi dicono che domani vogliono riposare – e Venezia basta – mi veniva proprio da ridere! Dopo mangiato Manuela con la mamma rassettano la cucina, mentre io decido di ritirarmi nella mia cameretta. Sto ancora risalendo le scale, quando il telefonino squilla

– *Pronto, ciao Sandrino!* –

– *Ciao Marianna, come stai?* – rispondo sorpreso, non aspettandomi quella telefonata, mentre entro in camera.

–*Io bene, e tu? Sono quasi due mesi che non ci sentiamo...* –

–*Sì, hai ragione Marianna... io sto bene, ma dimmi tu piuttosto: è tanto che non senti Manuela?* –

– *Eh sì! È da Natale che non la sento: perché, hai sue notizie?* –

– *Sì!* –

– *Allora dammele, Sandrino!* –

– *Beh, Manuela con i genitori è qui da me per il Carnevale!* –

– *Ah sì? Ma che bella novità! Allora potresti anche portarla fino qui, a Cortina!* –

– *Si può fare, ma per favore, Marianna, non accennare che noi ci siamo visti e abbiamo parlato di lei...!* –

– *Sì, Sandrino, ho capito, continui a volerle sempre bene!* –

– *Ascolta, Marianna, ora noi ci lasciamo e subito dopo la chiami e la inviti tu a venire a Cortina...* –

– *Bene Sandrino, mi piace la tua idea!* –

– *Grazie Marianna, ti voglio proprio bene, anche perché riesci a capirmi al volo! Questo è un peccato veniale, ma è meglio procedere così: poi tu e Manuela avrete il tempo di raccontarvi tutto. Mi raccomando, stai attenta!* –

– *Sì, sì! Ciao Sandrino!* –

– *Ciao Marianna.* –

Rimango disteso a letto in camera, con il mio libro in mano, ma senza riuscire a leggerlo dal momento che pensavo invece a come avrebbe reagito Manuela alla telefonata di Marianna... Non passano nemmeno dieci minuti che sento percorrere le scale di corsa, aprire di colpo la porta della mia camera, dove appare Manuela, che tutta allegra e con voce radiosa mi domanda:

– *Sai chi c'è al telefono?* –
– *Come posso saperlo, se magari sono dei tuoi amici francesi?* –
le rispondo io, simulando disinteresse.
– *No no, ascolta la voce, è di un'italiana!* –
– *Guarda, Manuela, fai prima a dirmelo...* –
– *È la mia amica Marianna, quella che condivideva con me la camera, a Vienna!* –
– *Ah sì, ricordo...e allora, come sta?* –
– *Bene, e mi ha chiesto se vado a trovarla, a Cortina!* –
– *Beh, sì, potremmo andare...* – replico io, con calcolato distacco.
– *Allora parlaci tu, Sandrino!* –

e intanto, mentre mi passa il telefonino, noto gli occhi lucidi di Manuela, quasi sul punto di piangere per la felicità... –*Pronto...signorina Marianna, come sta? Noto con piacere che Lei e Manuela siete rimaste amiche! Manuela mi ha detto che vorreste incontrarvi ...che ne dice per dopodomani, alle undici, a Cortina? Lei presso quale Hotel lavora?...come dice? L'hotel Aurora? Ah, bene, conosco quel residence, so dove si trova! Allora intanto la saluto di cuore qui al telefono nell'attesa di farlo di persona fra due giorni... a presto!* –
Poi restituisco il telefono a Manuela, che saluta velocemente la sua amica, per poi abbracciarmi e baciarmi ancora con gli occhi umidi per l'emozione e la felicità, riuscendo alla fine a commuovere anche me...!
Poi con lo stesso entusiasmo quasi febbrile Manuela raggiunge il piano inferiore, per comunicare ai genitori l'inaspettata e piacevole novità: la nostra gita a Cortina da lì a due giorni! La mamma di Manuela poco dopo mi raggiunge nella mia camera: innanzitutto mi manifesta il piacere per visitare un'altra località italiana così famosa in cui non erano mai stati, e poi mi ringrazia per le belle e variegate giornate che stava passando tutti insieme. Mi esprime gratitudine anche per lo stato di Manuela, particolarmente positivo e lieto. Da parte mia ribadisco che loro per me erano come la mia famiglia, che la mia casa per loro era sempre aperta, e che quindi, in conclusione non dovevano preoccuparsi di nulla.

Ewa rinnova i suoi ringraziamenti, ed è con calore che ci congediamo augurandoci la buona notte.

Quando mi sveglio, il giorno dopo, non proprio di primo mattino, mi alzo pigramente e vado in bagno. Poi raggiungo la cucina, dove trovo i miei ospiti. Chiacchierando del più e del meno, chiedo loro cosa vogliono mangiare a pranzo. Manuela mi comunica che la sua mamma vuole preparare qualcosa di tipico del suo paese. Io sono ben contento di mettermi a disposizione per procurare qualsiasi cosa manchi, ma Ewa ringraziandomi mi dice che non c'è n'è bisogno. Poi, vista la bella giornata ed il tempo discreto, me ne vado a sedermi in terrazzo, per godermi un po' di solitudine, così come del piacevole sole. Dopo non molto mi raggiunge Manuela: con calma, prende una sedia e mi si siede vicino. Dopo un breve silenzio, le faccio una domanda:

– *Come mai ieri sera non sei venuta a trovarmi?* –
– *Ma certo che sono venuta, ma tu non hai sentito nulla, nemmeno quando ho bussato: allora sono entrata ed ho visto che avevi preso sonno con il libro tra le mani e la luce accesa!* –
– *Ah! Dovevo essere così stanco, da prendere sonno senza neanche accorgermene! Scusami, Manuela…* –
– *Non c'è problema, Sandrino: ho appoggiato il libro sul comodino, ti ho dato un bacio e, spenta la luce, sono ritornata in camera mia…* –
– *Anche il bacio mi hai dato…!* –
– *Sì!* –
– *Allora bisogna che to lo restituisca!* –

le dico io, alzandomi e avvicinandola, mentre faccio attenzione che nessuno da dentro casa ci veda. Manuela mi abbraccia con grande calore: noto con piacere che ha ritrovato la leggerezza e la serenità di un tempo. Ora è loquace, ed ha voglia di fare lunghe chiacchierate su tutto. Mi chiede anche di Cortina, e vuole sapere se è veramente una bella località.

– *Vedi, Manuela, io penso che ogni luogo, montagna o mare che sia, abbia un proprio fascino particolare. Io non dico mai che un luogo è migliore o peggiore di un altro: penso che ciò dipenda dai gusti particolari che ciascuno ha; io preferisco piuttosto dire che mi piace o che non mi piace.*

– Si, Sandrino, hai ragione! – mi sostiene subito lei, con foga, *– è così che bisogna vedere le cose, senza metterle in opposizione tra loro! –*

Mentre stiamo proseguendo la nostra tranquilla disquisizione, giunge il richiamo di Ewa: *– Tutti a tavola! È pronto! –* Ognuno prende posto e iniziamo a degustare le specialità francesi appena preparate.

– Complimenti, Ewa, è tutto delizioso! – mi viene spontaneo dire.
– Grazie, Sandrino, sei molto gentile, e vedrai che quando vieni a trovarci in Francia ti farò assaggiare altre pietanze tipiche: anche noi, sai, abbiamo buoni piatti! –
– Non l'ho mai messo in dubbio e d'altronde ho sempre pensato paese che vai, cucina che trovi! –
– ah ah – intanto rideva Enrico, *– mi piace come vedi le cose, Sandrino, hai un bel carattere, e con te si va sempre d'accordo* – dice in un italiano stentato ma comprensibile.
– Mi piace andare d'accordo con tutti – concordo io con lui, *– perché io vedo sempre i tratti che uniscono, mai quelli che dividono: la vita è bella e bisogna prenderla così come viene, ricercando sempre l'armonia. –*

Dopo il caffè me ne vado di sopra a finire di leggere un libro. Manuela ed Ewa intanto stanno mettendo a posto la cucina, mentre invece Enrico si rilassa guardando la televisione. In camera mia, comodamente disteso sul letto è un po' che sto leggendo *Il sognatore*, e sono ormai a buon punto nella lettura, quando sento bussare alla porta. Ben mi immaginavo chi poteva essere.

– Sì, avanti! –
– Disturbo? –
– Ma no Manuela! Vieni avanti... –
– Oh, vedo che lo hai quasi finito – mi dice mentre con veloce grazia si siede sul letto. *– Vuoi che te lo racconti?–* chiedo io.
– No, no lo voglio leggere anch'io! –

– Bene! Sono contento che ti piaccia leggere! Guarda, Manuela, sono le cinque e fuori è già buio: hai qualcosa in programma?–
– No – risponde lei *– pensavo a domani, a quando andremo a Cortina...farà molto freddo? –*
– Penso proprio di sì, e la neve non mancherà di certo, ma le strade sono pulite... perché me lo domandi, hai problemi con il vestire? –
– Beh, ho portato sì un po' di abbigliamento invernale, ma non per camminare sulla neve! –
– Non preoccuparti Manuela, raggiungiamo l'hotel dove lavora Marianna in macchina e una volta lì se vediamo di poter fare un giro lo facciamo, altrimenti restiamo in hotel, e poi torniamo a casa. –
– Ah bene, mi piace il programma, tu pensi sempre a tutto! – mi dice mentre si congeda con un bacio.

La sera mangiamo leggero e quando abbiamo finito Manuela chiede alla mamma di sistemare lei la cucina, in quanto voleva scendere a fare un passeggiata nel giardino condominiale con me. Il giardino era molto esteso, facciamo diverse volte il giro del nostro isolato per poi addentrarci sul prato verde e per raggiungere una panchina, costeggiata da siepi.

Complici il buio e il silenzio Manuela inizia subito a baciarmi al suo modo: io cercavo di resisterle, ma i suoi baci erano un richiamo irresistibile, che non avevo mai riscontrato in nessuna altra donna. Sì, mi piaceva Manuela, e tanto! Ero proprio su di giri e per non trovarci a fare l'amore lì la supplico di andarcene via. Lei acconsente a malincuore di rientrare a casa, e in ascensore rideva vedendo in che stato mi trovavo. Continua però a baciarmi fintanto che arriviamo al mio piano e si apre la porta dell'ascensore, rientriamo così a casa.

I genitori di Manuela erano già a letto, così come ci andai io dopo aver fatto una doccia. Non passano nemmeno dieci minuti che, neanche a dirlo, Manuela mi raggiunge in camera e si mette a letto con me. Io abbozzo un discorso, ma era impossibile con lei che giocava con le sue mani su di me: spengo la luce e riprendiamo il gioco esattamente da dove l'avevamo lasciato, giù in giardino. Al mattino successivo, quando mi risveglio, è ancora tutta adagiata sul mio corpo. Allungandomi un po' vedo l'ora: sono le sette e mezza. La chiamo, apre gli occhi, mi guarda un poco stralunata e poi mi dice:

– Sandrino, mi dai un bacio? –
– Con piacere, mia principessa! Ma basta che dopo ti alzi e non pretendi altro...! –
– Ah ah no! Mi basta da ieri, come sempre sei stato fantastico! –

Una volta alzati, facciamo colazione e ci prepariamo tutti per la nostra gita a Cortina. Poco prima delle undici siamo all'uscita dell'autostrada, a circa quindici chilometri dalla bella città dolomitica, dove arriviamo alle undici e un quarto. Qui ricordavo esattamente dov'era l'hotel, e vi parcheggio l'auto davanti, invitando Manuela ad entrare per fare una sorpresa a Marianna. Dopo un po' le vediamo uscire abbracciate mentre si avvicinano alla macchina e ci salutano. Fatta la presentazione con i genitori di Manuela, entriamo nell'hotel andando presso il bar a prendere un aperitivo, vista l'ora propizia, prossima al pranzo. Le due giovani amiche intanto si isolano da noi allontanandosi di qualche metro, per parlare in intimità.

Dopo un po' Marianna invita tutti a prendere posto a tavola, dove pranziamo con allegria e appetito. Mentre bevo il caffè, l'ampia vetrata del salone dove ci troviamo mi consente di vedere fuori, dove ormai il tempo si è stabilizzato, ed ora c'è proprio una bella giornata. Consiglio quindi di approfittarne per farci un giro nella piccola grande perla delle Dolomiti. Seppure la neve abbondi, le strade ed i marciapiedi ben spazzati ci consentono di camminare comodamente. Fortunatamente non c'è vento, e il clima, seppure freddo, è secco e non fa percepire troppo il freddo. Raggiungiamo la piazza, dove passeggiamo a lungo, per poi dirigerci verso un belvedere, da dove si godeva di un paesaggio mozzafiato, con le montagne a fare da maestosa cornice al nostro punto d'osservazione. La splendida vista e l'aria frizzante lasciano estasiati anche i genitori di Manuela. Continuiamo poi la nostra passeggiata, seguendo Ewa ed Enrico, che camminano davanti a noi, ad una certa distanza. Ad un certo punto, Manuela, guardando l'orologio che portava al polso, mi dice che sono le diciotto e mi domanda che programmi abbiamo.

– *Se vuoi mangiamo qui qualcosa e quando abbiamo finito torniamo a casa* – le propongo io.

– *Sì, bella idea!* – mi risponde con entusiasmo lei.

– *Che ore hai detto che sono, Manuela?* – le domando con simulata curiosità.

– *Ma sono le sei, non vedi?*– mi risponde facendo bella mostra dell'orologio.

–*Perché ridi?*– mi domanda lei un po' incredula.

– *Ti ripeto, Manuela, che ore sono?* – ripeto io insinuante. Lei ci pensa un po', un lampo illumina all'improvviso i suoi occhi, capisce a cosa mi riferisco e mi butta le braccia al collo.

– *Sì,* – continua lei, – *questo è il tuo regalo che mi faceva compagnia nei momenti tristi, così come mi ricordava quelli belli, come per esempio quella sera che, appoggiato al muro in camera dell'hotel Embassy, me l'hai dato... Sandrino, sei la mia felicità!* – mi dice mentre mi dà un bacio sulla guancia.

–*Basta così, Manuela, non è il momento... .*–

Subito dopo aver cenato all'hotel, ci congediamo da Marianna, con il mio rinnovato invito a venirmi a trovare. Poi ci mettiamo velocemente in viaggio, e alle dieci e mezza ho già parcheggiato l'auto in garage. Entrati in casa ci mettiamo comodi, e questa volta sono io che senza perdere un secondo occupo il bagno, mi lavo, saluto tutti, e poi vado in camera mia, per dedicarmi a terminare il libro di cui ero quasi alla fine. Dopo circa mezz'ora, sono ancora disteso a letto perso in svariate considerazioni quando, come al solito, arriva Manuela.

–*Ciao Manuela, guarda, sei arrivata al momento giusto: ho appena finito di leggere "Il sognatore", prendi, adesso puoi leggerlo tu...* – le dico allungandole il libro.

–*Sì, Sandrino! Ma non adesso...* – mi dice mentre appoggia il libro sul comodino.

–*Ah ah, sapevo che avresti detto qualcosa del genere*– le dico, mentre si sistema al mio fianco.

Facciamo così un'altra tappa del nostro romantico tour amoroso, per poi, come ormai al solito, prendere sonno abbracciati. Al mattino seguente dopo colazione e un po' di toletta porto i miei amici a visitare la città del santo, Padova, ricca di bellezze e attrazioni artistiche. In macchina, per strada, mentre guidavo ogni tanto gettavo uno sguardo allo specchietto retrovisore, e vedevo Manuela tutta concentrata nel libro che le avevo dato la sera prima. Dentro di me, ridevo.

– *Ma che fai, Manuela, leggi? Non guardi la riviera del Brenta con le sue belle ville storiche?*– le chiedo per provocarla.
– *Hai ragione, Sandrino, è che sono presa dal libro! È una storia molto romantica, e questo tipo, il protagonista, mi piace proprio...!* –
– *Ma dai Manuela, su, lo leggerai questa sera, ora approfittane e guarda le meravigliose e incantevoli bellezze del Veneto!* –
– *Sì Sandrino, hai ragione...* –

mi risponde con dolcezza mentre intanto mette il segnalibro alla pagina a cui era arrivata. Nel frattempo giungiamo a Strà, ridente località della riviera, dove parcheggio a villa Pisani, sontuosa, storica e affascinante residenza veneta. Qui, all'ingresso, prendo i biglietti per tutti con anche degli opuscoli in francese, che consegno ai miei amici. Poi iniziamo la nostra visita. Ewa ed Enrico sono affascinati dalle geometrie settecentesche, dai richiami rinascimentali, dall'enorme piscina centrale immersa nel parco nel quale passeggiamo con tranquillità tra scorci suggestivi fino a raggiungere il famoso labirinto. Questo è costituito da imponenti siepi di bosso, che formano un intricato reticolo di barriere che conduce – per chi sa percorrerlo – ad una torre centrale, fornita sulla propria sommità di un piccolo belvedere, a cui si accede tramite una scala.
Mi divertivo con i miei amici vagando nel labirinto, girando a vuoto fino ad esasperare Manuela, che ad un certo punto inizia a pregarmi per condurla fino al centro...

Era però stato pensato un piccolo trucco per aiutare i visitatori del labirinto: delle piccole palline colorate, poste alla base delle siepi, quasi occultate, indicavano il percorso corretto. Io ero a conoscenza di questo piccolo ma fondamentale stratagemma, e così tra risa e scherzi alla fine conduco i miei amici sino al belvedere. Dalla sommità era divertente individuare il tragitto corretto per l'uscita, così come gli innumerevoli altri visitatori persi nel labirinto. Tappa successiva è la Basilica di San Antonio, a Padova, altresì nota come *"il Santo"*, ed anche qui un'ora e mezza di romanico, gotico e bizantino ci rende meritevoli della giusta ricompensa: andiamo così a riposarci e rifocillarci in un ristorante che conoscevo, non troppo distante da lì. Quando ci alziamo per andare via sono già le due e mezza. Facciamo ancora una lunga passeggiata distensiva, per poi rientrare a casa nel tardo pomeriggio. Ewa ci prepara un'altra ottima cena francese, che gustiamo tutti assieme. Subito dopo, però, Manuela corre via in camera sua a continuare la lettura del libro. Enrico ed io guardiamo un po' di televisione, ma dopo un'ora li saluto per andare a farmi una doccia ed andare a letto ben rilassato. Quando passo davanti alla porta di Manuela, vedendola chiusa, tiro dritto, e vado a letto con l'intenzione di dormire. Non passa nemmeno mezz'ora, ed io sono ancora lì, disteso a letto ma sveglio, rimuginando sui programmi per l'indomani – pensavo di portarli a Treviso – quando sento bussare alla porta e, senza attendere la mia risposta, Manuela fa irruzione con foga in camera mia:

– *Bello! Bello!* –
– *Cosa è bello, Manuela?* –
– *Il libro! Il protagonista, quel sognatore amava Danila in un modo stupendo, tale da fargli dire, verso la fine: "vado via perché ti amo molto e non voglio che tu soffra per me, vado dalla mia Erika (Danila Norvegese) che ha un passato triste come il mio, e a cui voglio tanto bene quanto a te...!" Capisci, Sandrino, Il sognatore ha trasformato Danila (con dodici anni e due figli in più) in Erika, e quindi per lui erano la stessa persona! Non poteva farne a meno e voleva amarla sempre, in quanto era troppo innamorato...* –
– *Bene, vedo che capisci cosa porta a fare l'amore, intendo quando si ama davvero, senza limiti– replico io, questi sono i grandi amori che non hanno fine.*

Lei, pur tacendo, mi guardava in modo eloquente, quasi a dire che quella era una storia come la nostra. Poi si siede sul letto, io mi avvicino a lei stringendola e baciandole la guancia verso lei, anche mentre ci distendiamo, è ancora assorta nelle sue considerazioni su quanto appena letto. Mentre cerco di baciarla, esclama:

– *Bella storia, Sandrino! Che sia vera?–*
– *Ma no, Manuela! Sono storie romanzate, niente altro!–*

Di colpo Manuela si mette sopra di me quasi bloccandomi:

– *Tu sei il mio sognatore! –*
– *Ah! Allora tu sei la mia Danila? –*
– *Sì! Ma non voglio diventare Erika, perché tu resti qui a Venezia, o al massimo verrai in Francia! –*
– *Ah ah! Sei fantastica Manuela. –*

Dopo facciamo l'amore forse con la stessa passione che aveva Erika (Danila). Quando poi glielo dico, si mette a ridere e dopo un po' prendiamo sonno come sempre abbracciati. Al mattino successivo, la serranda che avevo dimenticato di chiudere del tutto, lascia filtrare la vivida e nitida luce della mattinata invernale. Guardo l'orologio: sono da poco passate le otto. Quando guardo verso Manuela, forse svegliata dai miei movimenti, noto che mi sta guardando con un occhio solo.

– *Hai perso un occhio?* – le domando, divertito.
– *No! È solo che vorrei dormire ancora...! –*
– *Dai dormigliona, alzati, che oggi andiamo a visitare Treviso! –*
– *Altra città?* – chiede lei, con voce ancora assonnata.
– *Si, e molto bella anche questa, vedrai che non ti annoierai! –*
– *Però ci sarà da camminare, come sempre? –*
– *E si! Sai, non ho ancora imparato a volare! –*
– *Ah ah! Hai sempre la battuta pronta, Sandrino! –* replica lei ridendo, ormai sveglia.

Intanto, ridendo con lei, mi alzo e vado a lavarmi. Poi scendo in cucina, e dopo un po' mi raggiunge Manuela. Mi chiede un caffè – come lo so fare io, aggiunge – e dopo avermi ringraziato si va a lavare. Poco dopo le nove insieme ai suoi genitori siamo già in strada per Treviso, e dopo nemmeno un'ora avevamo già parcheggiato la macchina. Facciamo una lunga passeggiata per le vie del centro, facendo diverse soste per acquistare souvenir, e al tempo stesso godendo degli innumerevoli e incantevoli angoli che la città offriva, spesso giocando con le sinuose acque del fiume che la attraversa. Quando giunge l'ora di pranzo, attratti dal suo stile liberty, prendiamo posto in un bel ristorante. Mentre aspettiamo per ordinare, Manuela mi fa notare la presenza di un pianoforte, a pochi metri da noi. – *Sandrino, ci suoni qualcosa?* – mi domanda, con discrezione. – *Manuela, per favore, lascia stare!* – mi schernisco io, –*sarà lì per bellezza!* – Mangiamo con buon appetito e poi, mentre aspettiamo il caffè, Manuela si alza, per andare in bagno. In realtà – come confesserà dopo – va dal titolare del locale a fare una piccola chiacchierata… questi dopo non molto ci raggiunge al tavolo per comunicarmi che il pianoforte è funzionante, accordato, ed a mia disposizione. Cado dalle nuvole, sbigottito, guardando Manuela che, intanto, ride. –*Sei una super bandita!* – le sussurro, mentre le passo accanto per raggiungere il piano.

I genitori di Manuela vedendola ridere, ed io tutto serio prendere posto al piano, mi guardano stupiti. Poi parlano tra di loro, in francese. Non avevano idea, evidentemente, che io sapessi suonare tale strumento. Decido di partire con un notturno di *Chopin*, dai toni romantici e sognanti, per poi passare a dei walzer di *Strauss*, più allegri e vivaci. Ogni tanto getto uno sguardo ai genitori di Manuela che mi osservano stupefatti. Quando poi dopo circa una mezz'ora termino la mia esecuzione, Manuela mi viene vicino chiedendomi di suonare *"Mentre il tempo passa"*. Io non ho alcuna difficoltà ad accontentare la sua richiesta, dal momento che piaceva molto anche a me quel brano tratto dal film Casablanca; dopodiché mi alzo per tornare a tavola dove trovo ad aspettarmi Manuela, che mi dice: – *suonala ancora Sam!* – facendomi ridere: mi era venuto in mente quella volta a Vienna. Torno a sedermi al piano e l'accontento. Quando ho finito, i suoi genitori ed il titolare del locale, mentre ancora mi applaudono, continuano a complimentarsi…!

Il gestore ci offre da bere, e noi ringraziandolo di tutto lo paghiamo e usciamo dal locale. Mentre torniamo alla macchina, Manuela, strada facendo, con disinvoltura mi prende a braccetto… mi viene subito da pensare che i suoi genitori avevano capito qualcosa, che sapevano che Manuela mi si era affezionata molto: ma non lo davano comunque a vedere. Raggiunta la macchina, visitiamo una località vicina, per poi rientrare a casa alle cinque e mezza. Seduti in soggiorno, domando a Manuela quando sarebbe stato il giorno della partenza. Lei si rabbuia e con una seria voce atona mi dice – *dopodomani* – , verso le sei di sera.

Al rendermi conto della prossimità del termine, mi rabbuio e intristisco, al punto che all'ora di cena non ho alcun appetito, e sto lì seduto con loro a piluccare qualche boccone.

Sono sicuro che ciò ha contribuito a far capire ancora di più ai genitori di Manuela che tra la loro figlia e me c'era qualcosa in più dell'amicizia; d'altronde loro rimanevano sempre nella loro posizione, non dando nulla da intendere al proposito. Con questi pensieri in testa, mi congedo da loro per andare a lavarmi e poi andare a letto. Anche questa volta dopo circa mezz'ora alla porta della mia camera bussa ed entra Manuela, questa volta non sorridente come al solito. Si mette al mio fianco, in pigiama com'è, quando molte altre volte era già nuda. Chiacchieriamo un po', parlando del loro imminente viaggio di ritorno e più in generale del suo lavoro. Tra il serio e il faceto, a bruciapelo, le faccio una domanda:

– *Senti Manuela, dal momento che parli quattro lingue, non ti piacerebbe lavorare a Venezia?*
– *Magari! Mi piacerebbe sì, eccome!*–
– *Allora tu non preoccuparti di nulla, io mi darò da fare in questo senso...* –

e intanto iniziamo a baciarci, ma all'inizio con passione molto più contenuta delle altre volte. Poi, invece, dopo esserci scaldati, torniamo alla passione dei giorni precedenti. La mattina successiva i genitori di Manuela già mettevano in ordine tutte le cose che avevano comprato per poi preparare le valigie. Finiti i preparativi mi raggiungono in cucina dove avevo già preparato e portato in tavola il pranzo. Mentre pranzavamo nel silenzio totale si potevano sentire le mosche... nessuno aveva voglia di parlare. Per sdrammatizzare la situazione, faccio qualche battuta, riuscendo a far ridere Ewa. Quando arriva l'ora del caffè Manuela finalmente parla:

– *Se andate a prendere posto in soggiorno vi porto lì il caffè.* –
– *Oh bene! Era ora!* – continuo io, – *abbiamo dovuto aspettare la partenza perché ci servissi tu!* – Capisce la battuta anche Enrico e la risata generale che facciamo ci aiuta a recuperare serenità. Mentre beviamo il caffè mi viene un'idea:

– Volete conoscere i miei genitori, che abitano a dieci minuti da qui?–
– Ci farebbe senz'altro piacere – risponde con prontezza Ewa.
Telefono alla mano, li chiamo subito:
– Ciao Sandrino, come stai? – mi risponde la mamma.
– Mamma, ho qui ospiti degli amici che sono venuti a trovarmi per il carnevale, e mi piacerebbe che tu e papà li conosceste. –
– Bene! Vieni quando vuoi, siamo a casa! Anzi, perché non cenate qui?–
– Resta un attimo in linea mamma, che domando – e intanto mi rivolgo ai miei amici, – *la mamma ci sta invitando a cena, vi piace l'idea?*
Di nuovo Ewa interpreta la situazione per prima accettando con garbo l'invito.

Concludo la conversazione con mia madre, dicendo che eravamo in quattro e restando d'accordo sul nostro arrivo verso le cinque e mezza. Erano già le quattro: alcuni preparativi e alle quattro e tre quarti eravamo in macchina. Qui Enrico parla in francese con la moglie, dopodiché Ewa mi chiede di fermare prima da un fioraio e poi in una pasticceria. Finite queste due piccole commissioni, all'ora stabilita arriviamo puntuali dai miei. Alla porta ci accoglie la mamma, con papà dietro di lei: facciamo le presentazioni ed Enrico dà i fiori alla mamma mentre Ewa dà i dolci al papà.
Noto che la mamma, colpita dalla bellezza di Manuela, ogni tanto mi lancia degli sguardi sornioni e allusivi. Poi ci fanno accomodare in soggiorno, servendoci un aperitivo. Mentre parlavamo con il papà, la mamma si defila per andare in cucina e preparare la cena. Dopo poco mi chiama in cucina, con il pretesto di aiutarla.

–Bella la ragazza! Quanti anni ha? – mi domanda mentre mi guarda e ride.
– Mamma, non è come pensi tu! – replico subito io.
–Sarà – conclude lei mentre sorride ancora.

Intanto prendo in cucina quanto serve per imbandire la tavola e ritorno in sala da pranzo, dove Manuela subito si alza per darmi una mano ad apparecchiare. Quando poco dopo giunge mia madre con le prime portate, ancora una volta Manuela dimostra grande disponibilità, chiedendole come poteva essere d'aiuto. Mia madre, di suo, guarda Manuela, poi guarda me, e ride sommessamente: eh sì, si può ben dire che le mamme abbiano un sesto senso, ed anche in questo caso mia madre aveva capito tutto! Mangiamo tutto di gusto, in un'atmosfera piacevole e rilassata. I signori Dupont si congratulano con la mamma, poi prendiamo il dolce e passiamo un'altra ora in amene conversazioni. Infine, quando ci congediamo da loro, mentre dò un bacio alla mamma, vedo che sorride guardando papà... Poi mia madre stringe affettuosamente anche Manuela, invitandola a farle visita, qualora fosse ritornata in Italia. Una volta giunti a casa, mi fanno i complimenti per i genitori che avevo, e per come erano in gamba. In un momento di maggiore intimità, Manuela mi si avvicina:

– *Senti, Sandrino, credo che tua madre pensi che noi abbiamo una relazione...* –
– *Ma no, Manuela! La mamma è una vita che mi dice di trovare una donna, e qualsiasi ne veda al mio fianco, pensa che sia quella giusta! D'altronde io non voglio sposarmi, non ho più l'età per queste cose.* –

Manuela tace, ed io ne approfitto per mettermi a mio agio andando a farmi la solita doccia, poi saluto tutti e me ne vado a letto. Anche questa sera non passa molto che Manuela mi raggiunge in stanza. Non è seria e preoccupata come la sera prima. Si spoglia con naturalezza e, venuta a letto, inizia a baciarmi dappertutto. Quando poi io inizio a corrisponderla con altrettanto calore, mi sussurra all'orecchio:

– *Guarda Sandrino che questa notte non si dorme!* –
– *Non capisco... cosa vuol dire?* – la provoco io.
– *Ah, non capisci!* Vuol dire che facciamo l'amore tutta la notte, questo vuol dire...! –
– *Oh mamma mia, tu vuoi uccidermi d'amore!* – continuo io.
– *Quanto mi piaci con le tue battute spontanee!* –

Cominciamo così la nostra maratona d'amore, e quando guardo l'orologio a muro, sono già le tre. Lei, nonostante i vari orgasmi già avuti, non pareva affatto stanca; io cercavo di tenere duro, ma il suo ultimo orgasmo era stato tremendo, facendo come al solito pagare alle mie spalle il tributo al suo piacere. La sua stretta era come un vortice che mi avvolgeva sempre più: raggiungiamo presto l'orgasmo assieme, gridando di piacere, con me che cercavo di baciarla per impedirle di fare troppo rumore. Poi crolliamo entrambi in un sonno profondo e ristoratore, esausti. Quando ci svegliamo, al mattino seguente, sono già le otto e mezza. Altre poche ore e Manuela sarebbe ritornata in Francia. Facciamo colazione tutti assieme, e, mentre i genitori fanno gli ultimi preparativi per la partenza, Manuela ed io usciamo per comprare il pane e fare altre piccole commissioni. Al rientro delle nostre commissioni la tavola è già apparecchiata, con le pentole sul fuoco a sprigionare squisiti ed allettanti vapori: che stupenda donna di casa è Ewa! Erano circa quindici anni che conoscevo lei ed il marito e in quel momento mi tornava in mente il mio viaggio in Francia con il camper, come era passato il tempo! All'epoca Manuela avrà avuto dodici anni e suo fratello quattordici! Nel frattempo ci sediamo tutti a tavola per il nostro ultimo pranzo assieme. Eh sì, la vacanza stava per terminare: alle cinque dovevamo essere in aeroporto per la consegna delle valigie con il decollo in programma un'ora più tardi. Finito il pranzo mi siedo in divano con Enrico che, al meglio del suo italiano, mi esprimeva tutta la sua gratitudine, e ringraziandomi per l'ospitalità, insisteva affinché io promettessi di andarlo a trovare quanto prima, se possibile anche per Pasqua. Io lo rassicurai che avrei fatto di tutto per andare, ed intanto ringraziavo tutti per la visita.

Mentre Manuela ci porta il caffè diamo un'occhiata all'orologio rendendoci conto che sono già le tre e mezza. Io suggerisco di caricare già le valigie in macchina, e Manuela si offre subito per darmi una mano. Scendiamo, tiro fuori la macchina dal garage, carichiamo tutti i bagagli, chiudiamo tutto e torniamo di sopra. Qui tutti mi aiutano a sistemare la casa, camere incluse. Alle quattro e mezza siamo in macchina con destinazione aeroporto dove, dopo aver parcheggiato prendo un carrello per i bagagli e ci avviamo a consegnare valigie e documenti per le prime operazioni di imbarco. Poi, visto che mancano ancora venti minuti, Manuela mi propone di prendere un altro caffè. Mentre ci avviamo verso il bar, subito mi torna alla mente il ricordo di lei, sempre in aeroporto, che stava per tornare a Vienna... quella volta mi abbracciò così forte come a non voler proprio partire! Sì, era molto triste, le partenze chiudono sempre il cuore…! Bevuto il caffè, Manuela mi conduce in un angolo appartato, dietro al bar, e qui inizia a baciarmi come sapeva fare lei.

    – Basta Manuela, il tuo modo di baciare mi fa impazzire! Così mi

ecciti troppo! – le dico mentre lei continua. Poi la tengo stretta e, con la sua guancia destra appoggiata al mio torace continuo a parlarle:
– *Ti voglio molto bene, piccola rondine, e a Pasqua ti vengo a trovare!* –

Però parlo con voce strozzata, per il nodo che avevo in gola, ma lei mi capisce al volo dal momento che forse era più coinvolta di me. Dopo non molto arriva la mamma che ci trova amichevolmente abbracciati, ci dice che era giunta l'ora, e così ci avviamo tutti assieme verso il gate. Qui mi congedo dai genitori e abbracciandola, saluto Manuela con un bacio amichevole. Intanto però lacrime silenziose segnano i nostri volti... Li vedo oltrepassare la porta automatica e allontanarsi, mentre questa si chiude alle loro spalle. Attonito, mi ritrovo incapace a lasciare il posto in cui mi trovo. Con gli occhi bagnati, resto lì, immobile, quasi con la speranza impossibile di vederli tornare indietro... dopo un po' riesco a riprendermi, mi asciugo gli occhi con un fazzoletto e intraprendo la mia strada con passo lento, verso la macchina. Strada facendo incontro dei conoscenti che salutandomi mi chiedono se sto male. –*No, no!*– mi affretto a spiegare loro, – *è solo un po' di tristezza per la partenza di alcuni amici, non c'è nessun problema!*– ribadisco ridendo. –*Sì, col carattere che ho, è meglio ridere!* – pensavo mentre attraversavo la strada e rientravo nel parcheggio. Qui intravedo subito la mia macchina, cerco in tasca le chiavi per aprire la portiera, sto infilando la chiave nella serratura, quando all'improvviso sento squillare una voce allegra alle mie spalle:

– *Ho voglia di spaghetti allo scoglio, andiamo a mangiarli?* –
– *Basta Sandrino, smettila di pensarla ed anche addirittura di sentirla* – penso tra me e me mentre continuo ad aprire lo sportello.
–*Ho detto che ho voglia di spaghetti allo scoglio!* – mi sento ancora dire da dietro e battendomi la spalla.

Stordito, mi giro lentamente e davanti a me,... Manuela! Non poteva essere possibile! Incredulo mi guardo intorno per vedere se ci sono anche i genitori, che però non vedo, e ancora non convinto allungo quindi le mani per rendermi conto che non sia frutto di una mia immaginazione!

Ma il profumo e il calore del corpo di Manuela che sentivo mi spinge a tirarla verso di me per abbracciarla fin quasi a toglierle il respiro! Sì, la tenevo stretta, come a non voler lasciar scappare via la mia visione, se tale era...! Ma non lo era! Sì, era tutto reale! Nell'abbraccio le nostre teste sono vicine, e dopo poco ritrovo la calma sufficiente per parlare:

– *Beh, piccola rondine, non mi racconti cos'è successo?* –
– *La mamma ha capito che tra noi c'è più che amicizia...! Quando mi ha domandato se ti volevo bene le ho detto di sì, e tanto. Lei allora mi ha domandato cosa ci facessi lì con loro e perché non tornavo da te! Confusa pensavo alla valigia e alle mie cose, in aereo, ma mia madre mi ha detto: "Perché, a Venezia non si possono comprare le cose che hai in valigia?" allora mi sono ricordata di quella volta che da Vienna mi hai portato qui a mangiare senza che avessi con me il minimo bagaglio... ho baciato i miei e sono corsa subito qui!* –

Ascoltavo e piangevo come un bambino, ma anche lei non era da meno! Intanto vediamo un aereo che sta decollando. Manuela me lo indica con un cenno della mano:

– *Là c'è la mia valigia, ma qui c'è la mia felicità!* – dice mentre mi da un bacio dei suoi. Poi, ricordandomi il libro, *Il sognatore*, continua a parlarmi: –*Sandrino, quando le lacrime della gente, arrivano per la troppa felicità, il buon Dio apre le porte del cielo per guardare queste persone felici!* – A me viene spontaneo guardare in alto, per vedere se riuscivo a vederlo e a ringraziarlo per l'immensa felicità che mi stava concedendo in quel momento. Ma Manuela mi riporta subito alla realtà: – *Dai, Sandrino, andiamo a mangiare gli spaghetti allo scoglio, e dopo corriamo subito a casa!*–

La guardo, e con gioia vedo la Manuela che conoscevo, fresca e radiosa.

– *Ah ah!...devo correre a casa, dopo?* – le chiedo, ridendo.
– *Si, perché voglio fare l'amore fino a scoppiare!* –
–*Bene! Anch'io ho tanta voglia...* – aggiungo io – *però questa*

volta per favore tagliati le unghie, che le mie spalle pagano ogni
volta un prezzo molto alto per il nostro piacere...! –
– Mi fai proprio felice, con te sono rinata: ti amo, Sandrino!
continua lei, mentre per la felicità ride come una bambina.
– Ahi ahi! È la prima volta che mi dici questa parola, Manuela! –
– E non sarà l'ultima, perché voglio vivere per sempre con te! –
Ci diamo ancora qualche bacio, e poi ci avviamo al nostro risto-
rante, per mangiare gli spaghetti allo scoglio...!

E tutto il resto lo lasciamo immaginare al lettore!

COME SEMPRE DICO:
AI SOGNI NON RINUNCIATE MAI!
Antonino Sergi (il sognatore)

La mia stella
cara piccola rondine
stella del mio cielo,
mi manchi tanto
e da solo mi consolo
ma stasera guardando,
in alto sù nel cielo,
cercherò di capire e
scoprire dove sei,
perchè se dovessi sapere
che non ci sei,
nell'immensità del mio sogno
io mi perderei.
Ciao ciao Venezia

www.ingramcontent.com/pod-product-compliance
Lightning Source LLC
Chambersburg PA
CBHW071202130626
46555CB00004B/1556